ピーターパンの周遊券 *2*

地吹雪と夾竹桃

ある夏の朝に

黒川博之
Kurokawa Hiroshi

文理閣

わたしの写真展

青森ねぶた祭り

西馬音内盆踊り

能代市郊外の虹

釧路の夕陽

左上：秋田西目町の夕陽
右下：鳥海山麓の秋
左下：秋田出戸浜海岸の冬の海

本荘マリーナの夕焼けと飛行機雲

ベニスのゴンドラ

日本海の夕陽

北海道のニセコ岬

序にかえて

『ピーターパンの周遊券』の第一巻『白い越境者』（二〇二三年既刊）、本書第二巻『地吹雪と夾竹桃』、この二つのタイトルは、私が結局故郷に戻れなかった渡り鳥という思いから付けました。

秋田に参り半世紀、学生時代は汗ばんだ北海道周遊券を握りしめての放浪の旅。地平線、水平線の彼方にある筈の郷里の庭の夾竹桃を、その香とともに思い出しました。

さて、太平洋戦争、その他の話は全部が私の周辺の人々の実話です。私が医学生の頃に実習に出かけた保育園の女性の園長先生は、若い頃に看護婦として鹿児島県の鹿屋にいて特攻隊員を見送った経験を、訥々と暑い夏の日に話してくれました。

また職業軍人であった私の父は、戦争のことは皆無というぐらい話しませんでしたが、死の数カ月前、ビルマでの偵察飛行隊当時の体験をぽつりぽつり語りました。当時の中隊の上官との靖国神社での思い出や、当日に別の集会を催していた戦時の少年飛行兵のみなさんや全国の戦争の生き証人は、今はほとんど亡くなりました。

歴史街道の話は、私の小学時代の友人が饅頭屋長次郎（近藤長次郎）の末裔に当たる方と結婚されていた縁で、岩崎庭園やその他の話が書けました。「天、共に在り」やその他の多くの話も、私の外科医時代の縁です。写真家、木村伊兵衛の代表作「秋田おばこ」の角間川出身のモデルSさんの妹さんになられる方は、ほぼ二年間に渡り私と同じ職場で仕事をしていました。そのことは彼女の死後に初めて知りました。つくづく縁の不思議を思います。
　本書、すべての編集と発行を文理閣代表の黒川美富子さんにお世話になりました。深謝いたします。美富子さんとは数年前に偶然ネットでそのお名前をみて、もしや高知県の仁淀川町（元池川町）の出身で、池川中学校昭和三六年度の卒業生ではありませんかと、メールしたのがきっかけでした。これもつくづく縁を感じています。

令和六年秋

著　者

ピーターパンの周遊券　2　地吹雪と夾竹桃　目次

I　若い人にわかってほしい太平洋戦争

Ⅱ　歴史街道の寄り道　―幕末・維新―

Ⅲ　出会い

Ⅳ　芸術の散歩道

Ⅰ　若い人にわかってほしい太平洋戦争

花へんろ

蝉しぐれ

忘れもしませんけんの。八月五日の朝でした。

「気いつけていけやなあ、呉なんかかなりひどい空襲があったというけんなあ、なもし、広島も危ないけん。これはやっと用意した弁当じゃあ、カボチャと大豆入りで少しはとっておいた米も混ぜてあるが……。腐らんようにはよう食えよ。広島での配給券は持ったかい。配給所はAさんとこに行けばはやいぞ」

と油紙に包んだ小指大ほどの砂糖をトウモロコシやさつま芋と共に渡した。

蝉しぐれが庭垣の金木犀と並ぶヒノキの大木から一斉に降ってきた。昭和一三年に国家総動員法公布から統制経済に移行した日本の食糧事情は深刻で、昭和一六年から主食のコメのほか、砂糖、塩、味噌、醤油、魚、野菜、調味料まで自由販売禁止の定量配給制となっていた。

「お父さん、オンちゃん。ありがとなあ。なるべくはよう、なんとかことがたりりゃあ、はように帰ってきますけんのう」

あの娘は何度も振り返り、別れの挨拶を繰り返して連絡船に乗りました。横顔があの母親の遍路に生き写しでしたがの。が、あれが最後とは戦争真っただ中のご時世でも思わざった。その頃にはもちろん呉軍港空襲の時なんか四国山脈を越えて高知方面から、もう空が真っ暗になるぐらいイナゴの大群のようなグラマンが轟轟と大地に響くような音響で飛んで行きよりましたがの。口には出されなかったが、日本はもういかん、と、私らは感じていました。

娘は、それが、そうです。そういうことになりますのし。翌日の朝にあのエノラ・ゲイとかいうB29が広島にピカドンを落としたのです。あの子を私たちはいろいろと手を尽くして、何度も何度も広島を訪ね捜し歩きましたが、とうとう見つからんじゃったがの。もうだいぶ昔にここに立ち寄った遍路が店先に置いて逝った娘を、この店の主が引き取りわが子同然に育てた。その子がなんであんな目にあわにゃあならんのかの、もう不憫で……。

呉軍港の空襲は日本連合艦隊を攻撃目標として、高知県室戸沖の八〇キロまでに迫っていた米海軍第五艦隊第五八機動部隊約三五〇機、空母艦載機ヘルキャットやコルセアの延べ一四〇〇機による空爆が昭和二〇年三月一九日から始まった。攻撃は激しさを増し、同年七月二四日からほぼ二日おきに二九日まで四回にわたり、連合艦隊は天城などの空母三隻の大破、榛名などの戦艦三隻沈没、利根などの巡洋艦五隻や駆逐艦四隻の沈没、巡洋艦一隻の大破に加えて航空機五〇機以上を失った。

三月から七月にかけて同時に米軍は戦略爆撃としてB29から瀬戸内海に機雷を投下して、呉軍港はその機能を全く失った。三月三〇日には徳山の沖に停泊していた戦艦大和は駆逐艦の冬月、涼月とともに沖縄水上特攻に出撃し呉軍港に帰ることはなかった。大和の撃沈で連合艦隊は壊滅した。

夏がくる。もう四国八八ケ所のお遍路道は賑やかなことだろう、その八月。戦後まもなく生まれた私はいつもその季節に繰り返し思う。広島の原爆ピカドン、大東亜戦争終戦、土佐湾の特攻魚雷艇部隊震洋部隊のこと、終戦翌日に出された土佐湾沖の米海軍機動部隊攻撃準備中に爆死した二〇〇名ちかい若者のことなどを……。

私はこの稿で戦争と広島原爆を取り上げた作品に纏わり書いてみた。

早坂暁―本名富田祥資《とみたよしすけ》は旧制松山中学校を経て海軍兵学校在学中に終戦となり、被爆直後の広島を目撃した。旧制松山高等学校を卒業して東京大学医学部に合格するも、入学せずに日本大学芸術学部に進学した。以後の活躍は周知のごとく放送作家、脚本家として戯曲や演出をも手掛けて千本以上の脚本、小説がある。

一九二九年八月に愛媛県北条町に生まれて二〇一七年一二月に八八歳で没した。

テレビドラマ「花へんろ」の原作者であり、本人自身は一番の代表作は『夢千代日記』と思っていたが、アンケートの第一位は『花へんろ』で『夢千代日記』は三位である。

私と早坂氏とは同じ四国出身であること、お遍路さん、ピカドンの思い出、突然の進路変更とか、なにか共通している面がある。加えて秋田医報の読者にも、忘れえぬ人々との邂逅と不意の別れ、思いがけない人生行路の変更、などがあるだろう。

「昭和とは　どんな眺めぞ　花へんろ」の句は彼の代表的なドラマ作品「花へんろ」の冒頭に読まれる彼の俳句である。早坂暁は一九二九年八月一一日に四国は愛媛県の北条町の遍路道に面する商家で生まれ育った関係で、幼少のころからお遍路さんに接した。

別れはいつも突然

ある時に早坂暁氏の父親が営む商家を訪れた遍路には子どもがいた。遍路に置き去りにされた幼児を家の主が引き取り早坂暁氏の妹として育てた。その少女は昭和二〇年八月五日に広島に行ったきりで帰ってくることはなかった。

その日は何度も何度も振り返り、最後の声は涙声になっちょりました。ピカドンの落ちた日には広島におったそうです。もう何度探したかわかりません。うちではピカの落ちた日の八月六日が命日と思うちょります。ピカがもう二、三日ずれていれば……なぜ、もしもの思いは今でもあります。

原爆のきのこ雲ははるか離れた郷里、石鎚山ふもとの高知と愛媛の境の峠からも眺められた。あんな夕焼けは見たことがそれまでも今でもなかったぞ。その日の夕焼けは金粉をまき散らしたように凄惨なほどに美しかったと峠の小屋の番人はよく小学生の私に語った。

石鎚山お札参り

もう幼児のことで記憶は定かでないが、菜の花が咲き誇る春先、私は庭先で近所の女の子とケンケン遊びをしていた。そこに初めて異形の白装束をまとい堂々とした威厳を添えているその人、またはその人達が突然に大股で近づいて、昼下がりの玄関口に直立不動したのである。その時には人間とも思えない何か神様の使いが現れたようで、驚きを超えた畏敬に襲われた。「家のものはおらんかの」に私は逃げるように身を反転して奥に逃げ込んだ。

石鎚山福智院横峯寺は空海―弘法大師も四二歳の時に訪れた際に霊場としていて、登山には険しい山で遍路ころがしで知られている。また別名、石楠花《しゃくなげ》寺の―お札参り第六〇番の横峯寺は真言宗、大日如来を本尊として白雉二年、西暦六五一年に開かれている。境内は石楠花の名所として有名である。お遍路さんは春の盛りから初夏にかけて私の郷里のI町から石鎚山麓へとお札参りに登山した。

彼らお遍路に家人は一握りの米やお餅、トウモロコシやミカンなどの果物とか数枚の板垣退助の百円紙幣を与えていた。

私の記憶としての遍路は戦後まもない頃、四国山脈の中央部に位置する本来なら八八ケ所遍路みちからは遠い私の郷里でも石鎚山参りで身近な風物詩であった。戦争の傷跡も残っていたのだろう、むしろ当時が一番盛んだった印象がある。本来の四国八八ケ所お札参りの「おへんろ」の他に別の「へんろ」がいた。当時、祭りの際の付属としてのルンペン、乞食、傷痍軍人崩れの物乞いも「へんろ」といっていた。前者は「へんろ、またはお遍路さん」と平易に呼び、後者は「へんろう」の言葉尻を上げるイントネーションで区別していた。

今年、平成から令和に移り変わる年の四月からの一〇連休は、当時の天皇陛下が病状にあったためか昭和から平成に移行する時と違い、華やかさが巷にみなぎり、年越しの祭り、大晦日のカウントダウンの騒ぎにも似ていた。

ゴールデンウイークの世間様の騒ぎをよそに、私は青森県三沢市や北海道の道南の摩周湖や阿寒湖を旅した。ここなら騒々しい世間とは隔離されるだろうと思っていたが、駅や港には台湾人、中国人、欧米人の旅人が写真撮影に余念がない。ここは日本だろうか。そんな旅の合間に浮かんだ感慨とふっと湧いた思いに私自身が驚いたのである。

日米安全保障、憲法九条の改定、象徴天皇制、結局は一体、何時《いつ》まで我々の戦後は続くのか。

付記　「おへんろ」の登場してくる小説では、これも故人となられたが広島県出身で、広島の原爆をテーマにした代表作『黒い雨』でノーベル文学賞候補となっていた井伏鱒二に「へんろう宿」という小品だが傑作がある。お勧めしたい。

（二〇一九年）

百式海軍懐中時計

戦場傷

そのシベリア抑留経験者の老人は力強い夏の光線の差し込む診察室で、自身の病気のことをまるで忘れて昔話に興じていた。

「んだ、んだ、この通り先生も触ってわかるべし、おれは戦争中の傷で破片が頭に残っている。それからよ、このレントゲンにも写っているように、胸の奥にも鉄砲玉が入っているんだや。軍医がとれないからって、そのままになっているんだす」

一呼吸おくと「戦争中は何度も死ぬような目にあってきたのだすが、それが今度は肺癌とはな、せんせ、助かるべか」。

診察日に短歌なども短冊によく書いて持ってきてくれるⅠさんは、明日で放射線照射が終了するという、その日には昔話を持ってきた。

最近はそんな患者さんにはすっかり出会わなくなって、ぼつぼつと聞いた日露戦争の名誉の負傷は永久に退役し、太平洋戦争の傷も拝見の機会はなくなった。

戦争の傷跡を自らに残した医者も多かった。

もう三〇年近く前のことだ。トランク先の山形県、鶴岡S病院の外科医でもあるS院長先生は学徒動員でかり出され、潜水艦艦長を拝命された数年の戦歴があった。

「君と同じぐらいの年齢だわさあ、わずか二六歳なんだが艦長にされちゃっただわさ。映画と違い華々しい戦闘で死ぬのは少なくってね、そんなの、もう、ほとんどないよ。たいていは計器類が爆雷でだめになり、浮上できずに死ぬことになるのだよ。戦争末期になると計器もかなりお粗末なものになっていてね、それで沢山の潜水艦乗りが死んだよ」

窓の外の遠くに視線を投げて「我々には終戦日は八月一五日じゃないよ。いろいろとあったんだろうね、翌日の一六日に正式に陸海軍に終戦の布告があり、その瞬間にああこれで生きられるんだ。負けたという悔しさより、まずそう思ったよ」。

遠い追憶の瞬間を脳髄から搾りだしてくるかのように呟いて、その戦争のことは初対面の自己紹介の時以後、二度と聞かなかった。終戦日は軍人にとり一六日であったことを短い会話の中であえて強調したこの、「いろいろ、あったんだろうね」の意味や、体験を聞くには重い空気であったと記憶している。

私の卒業当時、医者には元軍人の、あるいは医学生から繰り上げ卒業で軍隊に転属された方が多くいた。もうほとんどの方々は他界した。その忘れ得ぬ医師達のことを回想していたら、以下の奇妙な文が出てきた。

何十回目かの春が来て

今年（平成二四年）は例年になく冬の積雪は多く、気温は氷点下十数度に達する朝を少なからず経験した。しかし四月も半ばに入ると、今度は季節外れの突然の猛暑が襲ってきた。

そしてこの春は異常に短く過ぎて、すぐに初夏の陽気になる。昨年も一昨年もその前も同じであった現象を楽しみにして、私は男鹿半島から大潟村のドライブに走り出す。

海岸沿いの国道を大潟村に進路を折れて数百メートルも走ると、一キロ程の路上に、まるで空中に浮かんでいるように燦々とした陽光に輝く黒い水のような斑点が道路を塞ぐように現れる。疾走して接近するとそれは遠くに逃げてやがて、ふっとかき消えて、また遥か先に現れる。

まるで追いかけっこのゲームをしているように、灼熱の国道に次々と水に見えたり、タールのように見えたりして、現れては消える。私の人生も何かにせかされるように走りに走ってきた団塊の世代の典型的なものだった。

思えば自身の希望いや欲望を次々と変更しては、追い求めてきたに過ぎなかった。

私は疲れて視線を脇に投げると、国道脇に無残にころがっている交通事故の被害者である狸、犬や猫の遺体が時折に視界に入ってくる。しかし、今年はめっきりと数が減り、例年よりは胸が痛まぬ。この数年に知人はどんどん死ぬばかりになる年齢になると、そんなことが気になり仕方ないものである。

しかし、私は一体、何回の夏を知っているといえるのだろう。古今東西、人生は過去、現在、未来と時間を区切るらしい。このうち過去は私が命じさえすれば、たちまち現れる。若く多忙の時にはその余裕がないうちに、人生が過ぎ去り、気がつけば死の時が迫る。今、私はその内の二つの引き出しを見てみる気になっている。

灼熱の浜辺

夏の入道雲の沸き立つ水平線を横目で追う度に、あの夏の小さな、あるいは忘却してもいい、もっと言えば捨て去ってもいい体験を思い起こすのは年齢のせいであろうか。私の六十数回の夏の体験のうち二、三度の若き日の瞬間の夏の体験は、心の奥底で繰り返す海の波と同様、消え去ることがない。

波打ち際で、柴の老犬と佇んでいると、不意に入道雲の合間をぬうようにグラマンの数機が銀色の機体を急降下させて、一斉に私一人に向かい機銃掃射をはじめ、波柱や砂埃がたつ。逃げ惑う私と犬。犬の鳴き声と、足を濡らす波の冷たさに白日夢から醒める。

理由もなく、夏になるとここ数年はそれらの一瞬の夏の閃光が、私の頭脳にひっそりと棲息し意識の全てを占領する夏の小さな記憶を辿ってみる。また、渚に佇み水平線を眺めていると、思わず口ずさんでいる歌がある。

戦争が終わって
僕らは生まれた
戦争を知らずに
僕らは育った

おとなになって歩きはじめる
平和の歌をくちずさみながら……

この詩はもう四〇年以上前にヒットした歌詞である。やがて次第に違和感を覚えるようにもなったこの歌詞は、私の道標でもあった。

ポリクリ実習

もう三〇年以上前の夏の午後、私たち秋大医学部三期生のポリクリグループの五人は、研究テーマとして秋田市内の国道から少し奥まった小さな保育園を訪ねていた。

夏休み中で閑散としていて、園児やその母親、保母さん達への簡単なアンケート記入を主体とした二時間ほどの実習のあとに、私たちは広い遊技場の板の間に、もうすっかり白髪で小柄な女性園長先生を囲んで車座になった。板敷きの床は汗ばんだ体を冷却し、窓の外で陽に焼かれている庭のヤツデは濃い緑を放散していた。園長はもう六〇はとうに越していよう。薄い白髪ではあるが背筋《せすじ》が直で毅然とした、戦前の女性の風情を濃く残していた。ここでは仮に嵯峨登喜子さんとしておく。

私たちの自己紹介がひとわたり終わると彼女は、やおら、緑色の津軽塗りのはげた座卓に古ぼけた時計を置いた。

「うわあ、珍しい時計ですね。ひょっとしてこれは軍用時計ですか。これ懐中時計にも腕時計にもなるんですか。えらくバンドが長いけど」

「百式海軍航空時計というそうです。パイロット専用で懐中時計にも腕時計にもなります。腕に巻くときは肌に直接に付けるのではなく、こうして飛行服の袖のうえから二の腕に巻くのです」

そして「これはあなた方と同じ年頃にお国のために散った人達の形見です」とみずみずしい声で告げた。私たちはなにか遠く暗く深い時代の案内人に出会った気がした。日の落ちるように話は急所に迫ってゆく。その話は痩せてはおらず、緑茶の湯飲みからの湯気が静寂の中を線香のように立ち上る。まるで暗唱するようによどみなく続けた。

特攻の岬

「あたしはねえ、戦争中は鹿児島の鹿屋《かのや》にいたのですよ。鹿屋って知らないかも知れないけどね、大隅半島の真ん中にあって海軍の航空基地がありました。そこでね、食堂を経営していたのよ。その前は従軍看護婦でしたが、むこうで結婚した主人が亡くなり、いろいろあって食堂を鹿屋基地の近くで開いていました。よく、皆さんと同じくらい、ああ、この中で一番若い方はどなたですか？ じゃ、いや、もっと若い方達がよく食事やコーヒーを飲みにきました。もちろん、軍の関係でコーヒーは特別に配給でした。大体その当時は牛乳が一二銭、ビールが九〇銭、米が一〇キロ三円でした。でもろくろく品物がなくてね、たいていの商店は閉店休業でした。あたしは戦死した夫が軍人だった関係もあり続けられました。その人達は学徒動員兵の予備仕官の人たちでした。どんな会話をしていたかって？ それは、もう今の普通の皆さんと同じに、ホントに普通の若者同士の話。恋愛の話なんかもよくしていましたよ」

五人は話が進むにつれ意外さに、口を挟むことも少なくなり静かに聞き入るようになった。

「ある日の午後遅くのこと、馴染みの五人の海軍さんが何時《いつ》になく長居をしていたのですが、帰りしなに戸口で整列して長らくお世話になりました、と最敬礼してから出て行ったの。あたしも挨拶して見送ったんだけど、ふとテーブルの上に置かれたものに気づいてね、瞬間に髪の毛が逆立ち、慌てて追いかけたのよ」

彼女はそれを前掛けに包み込んだまま、前に差し出して、声を押し殺して「ああ、忘れものよ、それもみんな揃って」。「忘れたのではありません。中に手紙入れておきました。それは、今までのお礼です。どうぞ受け取ってください。財布ごと全部」と振り返り笑いながら彼らは白い歯をみせた。登喜子さんは予想はしていたものの、ややあっけにとられた。「僕らはもうお金はいりませんから」と先輩格のAが明るく笑って告げた。

「日にちは言えませんが、もうまもなく出撃です。お世話になりました」と続いて全員が深々と白い帽子をぬいで再び頭を深くした。彼女は、戸口を走り出るときに予感はあったが、突然の平然とした通告に困却し頭が真っ白になった。「何言っているの！　三途の川だって渡るにはお金がいるのよう‼　渡し守賃いくらかあなた達知らないでしょ！」もう何ヵ月もこらえにこらえていた涙がどっとあふれて止まらない。彼女と彼らは長い間、夕日に照らされて、押し問答をくりかえした。南国の半島の紅い夕映えは無情に暗くなり、田圃の蛙の鳴き声が彼らの言い争う声を消しにかかる。

「それで、これだけをあたしが受け取らせてもらいました。翌朝に店の頭上を五機の零戦が飛行していきました。真上に来たときに翼を何度も振ってから飛び去りましたよ。何人かは手も振ってくれて顔もはっきり見えました」

保育園の庭のヤツデの影はもう長くのびて黒い海坊主のようになっていた。

帰りは行きと異なり大学に帰り着くまで誰も口をきかなかった。私の世間とは没交渉の世界で、その記憶は四〇年近くなるまで心の奥底でひっそりと棲息した。人生は偶然の連続であり、いちいち、そこには意味はない。ただ生き延びてゆく時間にとり、瞬間的に意味をもって現れてくることがある。

爆笑の遺影

今年の春先に半ば偶然に開いたネット上の写真の一枚に私は驚く。それはなんとすがすがしい笑顔だろうか。

写真に驚いた。写真の説明がこうあった。知覧の特攻隊員最後の憩いの場所となった富〇食堂の鳥〇ト〇さん。そして彼女を囲んで七人の若い航空兵が飛行服に身を包んで共に満面のこれ以上ない明るい笑顔で撮影されていた。鳥〇さんはもしや嵯峨さんのことではと思ったが、鹿屋と知覧の場所の違い、写真の女性は三〇歳前後でもあり、時間の経緯による忘却はどうしようもなく、嵯峨さんであるかどうかはわからなかった。

それとは別に私は驚嘆した。一体これはなんというさわやかな笑顔であろうか。どうしてそんな時にこの表情が出来るのだろう。別れのない日が一日とてないその世界にいて。

私はこの愚文を書いてきて、是非その理由を画面の向こう側に問いたい衝動におそわれた。沈黙にこそ人を黙らせる力がある。

「光栄ある祖国日本の代表的攻撃隊ともいうべき陸軍特別攻撃隊に選ばれ、身の光栄これに過ぐるものなきと痛感しております。

（中略）操縦桿をとる機会、人格もなく感情もなく、もちろん理性もなく、ただ敵の航空母艦にむかって吸い付く磁石の中の鉄の一分子に過ぎぬものです。理性をもって考えたならば実に考えられぬ事でしいて考え得れば彼らが言うごとく自殺者とでもいいましょうか。（中略）。天国において彼女と会えると思うと死は天国に行く途中でしかありませんからなんでもありません。明日は出撃です。（略）明日は自由主義者が一人この世から去っていきます。彼の後ろ姿はさびしいですが、心中満足で一杯です。（略）、ではこの辺で」

一例として引用させて戴いた。これが昭和二〇年五月知覧より「飛燕」にて出撃し戦死した享年二二歳の慶応大学出身の学徒出陣兵の遺書である。

しかし、私はこういうあまたの手記や遺書にふれても鳥○ト○さん達の永遠の別離直前に撮影された、清浄な、というと宗教くさく、無垢といってもありふれた、究極の自己放棄とか、祖国への献身ではさらに陳腐、ただ天真爛漫の爆笑とでもしか私には形容できない彼らの心境を理解し得なかった。祖国の危機と家族の将来の不安、死の淵に向かい破局にありながら、彼らの冴え冴えとした笑顔は何か神聖なものの証明のようにも思えた。私には課題のみが残された。

その解はまざまざと見えてきそうでなかなか掴めない。私も生活の塵埃と労苦の世間を渡る身である。それがすっかり消えていたのだが、今年の春先に縁あって、偶然に秋田看護協会のK会長様に、くだんの学生時代の幼稚園園長の話をする機会があり、それなら、と彼女が後日に『桐の花』を送付してくれた。日本赤十字社看護師秋田県支部平成一七年発行の御本である。それを、毎夜、読み進む内に氷解するものがあった。こういう敬虔な回想で書かれた文章、閑却されていた記憶が歴史になるのには、これほどの歳月が必要であることを実感した。

嵯峨園長先生のような数奇な運命を経た方は当時は秋田県関連のみでも大勢おられた。彼女は郷里に帰り着き、手記を残したが、二度と郷里は踏めずに山河に海に果てた従軍看護婦も多かったのである。

さて嵯峨さんがそんな体験をしていた当時、鹿屋に十数機の飛行機が飛来し、しばし翼を休めた後で沖縄の海に消えた。彼らは高知県日章飛行場から飛来していた。

昭和二〇年五月のある日の一九時、夕焼け空を数機の練習用軍用機が滑走路とは名ばかりの土塊の露出なる急ごしらえの飛行場から、翼を振りながら暗さの急にせまる水平線に向かい一路、南に向かってゆく。それが始まりだった。

二つ目の夏は高知に筆をのばす。

もう一つの特攻

戦争を知らずに　僕らは生まれた
戦争を知らずに　僕らは育った
平和の歌をくちずさみながら

北山修が作詞して一九七一年の日本レコード大賞新人賞、作詞賞を受賞した唄が流行する三年前の夏、郷里の南国市の浜辺近郊の高等専門学校電気科に私は在学していた。午前八時から午後五時まで約九〇分の講義で休み時間は五分、昼食時間四五分で各課連日の宿題があった。特に数学関係は高校数学2Bまでを一年次の二学期までで終了する猛特訓を受けた。砂漠にいるように無味乾燥とした青春を過ごした。

「いかに死ぬべきか」を考えねばならなかった彼らと違い、私たちはいかなる道を歩いてきたにせよ、後に団塊の世代と呼ばれる大勢の同胞の競争に勝ち抜いて、如何に生きるべきかを、その頃は考えてゆかねばならなかった。

「戦争を知らずに」済んだ幸福を味わうことは出来たが、将来に世界の終末を予測させる戦争の予感に怯えた時間があった。深夜ただならぬ時に高知空港に隣接する高専寮のはるか上を過ぎてゆく、突然の数機の米軍機の不気味な爆音に目覚めたこともあった。その時代、今から六七年前の土佐湾海岸の伝説をしよう。

土佐湾のほぼ中央に物部川は注ぐ。四万十川や仁淀川ほどには全国的に知られていないが、香長平野の農家にとってその川の役割は大きい。現在でも冬から春先にかけて、このハウス園芸地から全国に送られるキュウリ、ピーマン、ミョウガは日本市場の大半を占める。

昭和二〇年の初夏、その物部川の菜の花が一面に咲き誇る土手の堤防でその日、数十人の農家の人々、いずれも航空兵を下宿させていた農家の約四〇人が、あふれる涙と共に日章旗を、麦わら帽子を、「欲しがりません　勝つまでは」の標語入りタオルを、ちぎれるほどに振っていた。土塊があちこちで剥き出しの飛行場から発進した飛行機の幼顔の残る搭乗員は、手を振りながら夕日に向かうように暗くなる土佐湾を一路、南に次々と飛び去っていった。

「もう、まっことにむごいことぞね」、彼らを寄宿させていた農家の黒く日焼けした農婦の顔は涙でぐしゃぐしゃに夕映えに光る。「むごいことぞね。東北からはるばる土佐に来て、ろくろく訓練も受けずにまた鹿児島に行くのじゃ、そして……」。

六月二〇日午後七時、まず五機が飛び去る。地上からも機上からも手がふられる。続いて三機が離陸した。「もう、日本もおしまいじゃないかのう。あの練習機に学生さん上がりの急ごしらえ搭乗員では……」とひっそりとした誰かの声が夕闇に波紋となってゆく。

東北出身のSは二三歳。出撃一週間前に高知市のIさんと結婚。Iさんは戦後を一九九三年一月まで生き抜いた。

白菊は軍用機とはいっても練習用戦闘機であった。時速はわずかに一四〇キロ、機銃はなく、翼下に爆弾をくくりつけ、ベニア板張りの増槽タンクを急造して海上すれすれに夜間飛行し体当たりをするという計画であった。五月二四日から六月二五日までに、この改造特攻機二六機が沖縄に向けて出発した。六月二五日は沖縄が陥落した日でもあった。高知菊水部隊白菊隊の隊員はほとんどが関東、東北からの学徒出陣兵であった。

終戦時点での海軍航空隊の搭乗員構成比率をみると、海兵出身者一〇三四名に対して、予備仕官は八六九五名、全体の九割を占める。最年少予備仕官は実に一七歳である。

高知海軍航空隊は現在の高知龍馬空港、当時の旧香美郡三島村に飛行場が急遽開設されたと同時に昭和一六年一月に開隊された。この時に村は消滅し、三島村は他村と合併して日章村となり、後に南国市となる。土地はついに返還されることはなかった。

昭和一九年三月、航空隊は士官一六〇名、兵員三六〇〇名、そして上に述べた偵察機上作業練習機の白菊五五機が配属された。

そして翌年三月「神風特攻隊・白菊隊」が編成され、鹿屋特攻基地を経由して、終戦までに五二名が沖縄の海に消えた。

浜昼顔の咲く浜で

その二〇年後の真夏に私達は、その海岸の浜昼顔の生い茂る砂浜を歩いていた。学校運動場脇に茂る月見草の構内を出て、寮で隣部屋だった機械科の友人と二人、高知大学農学部の広大な研究用農地を通る。

「吉岡、あれは防空壕じゃろか」

「あんな防空壕があるかよ。聞いた話じゃ、戦闘用トーチカじゃ、という話よ。ここに米軍が上陸予定じゃったらしいきに。近くに寄って見てみいや。弾痕がいっぱい、ついちょるぜよ」

「でっかいトーチカじゃのう、いつまで残しちょくのじゃ」

「知らん、今では壊すに壊せんらしいきにのう」

巨大な彫刻のような不気味な廃墟が緑の広い水田に点在していた。その中に特別に大きなコンクリートの、広島平和ドームのようにも見える構造物、それが特攻機の秘密格納庫であったことを知ったのは、それから四〇年以上を経た初夏であった（写真）。

暑さで舌を出して通る高知赤牛にぶつかりそうになりながら、堤防の浜昼顔や子昼顔が咲き誇る小道を通り抜けて浜辺にでる。何処にという当てのない歩を互いにすすめて、覚えず遠くの浜辺の波打ち際を歩いていた。卒業間近という感情が互いに沈黙のままに五年間の最後の長時間の散策となった。

振り返って四国山脈をじっと見つめていた吉岡が「あのな、そんなことは実行不可能だろうけど新聞紙を三〇回折りたたんだら、その厚さはどのくらいになると思う？　2の30乗さ、Logarism を使い計算尺で求めてみろよ。新聞紙の厚さは一ミリとしてさ」物理の天才といっていい吉岡はただ不意にそう質問し

練習機「白菊」が格納されていた前浜１号掩体

前浜３号掩体

特攻水雷艇写真（震洋隊殉國慰霊塔に展示写真より）
撮影：小林勝利（３枚とも）

たに過ぎない。いつものことなので私は帰寮して早速計算した。なんと富士山より高くなるとは!!

論理的には可能だが実社会で不可能なことを国家として強行した、その惨憺たる成果を私は昨年の春の東日本大震災に思い知った。

「そろそろ帰ろうか」踵を返す頃にはあたりは夕映えに包まれ始めていた。夕日が水平線に吸い付けられる頃に雲行きが突然あやしくなり、雨がぽつぽつと砂地に弾痕のような痕をつけ、スコールになりそうだった。小走りに走っていると急激にシャワー雨となる。そして、民家の老人に呼び止められた。

「雨が止むまで、少し、よけりゃあ、西瓜でも食っていかんかよ」

私たちは勧められるままに井戸で冷やしたという麦茶を喉に流し込む。老人は一目で漁師とわかる赤銅色の顔と真っ直ぐな背筋を伸ばして悠々と語る。

日の短い長いをまるで知らない人のように悠長に「あの日も夕焼けがやけに綺麗じゃった。わしは今に至るまであんな夕焼けはみたことがない」。

しかし口ぶりとは裏腹に話はいきなり、そこにもってきた。

「終戦当時はこのずっと先の手結《てい》の浜辺でのう、大勢の海軍さんが、といってもあんたらあよりも、まだ若い学徒動員の学生さんじゃが、真夏の朝から夜中まで演習をしよった。震洋という水雷艇の特攻訓練じゃった。演習ゆうたち走るのが主じゃった。油がないきに、ろくに海には船は出せん。アメリカの潜水艦もその頃にはこのあたりに、うようよおるし。水雷艇ゆうてもなあ、名ばかりのざまあなもんで、伝馬船を改造したような船の縁に魚雷をくくりつけたばあの、まことにお粗末な船じゃった。速度もろくに出ん、油も不足、あんなんじゃ、体当たりどころか、その前に撃たれて死ぬるだけじゃったろうに」

老人は海に飲み込まれていく夕日を眺めつつ独り言のように回想していた。思想を語るというのはそういうものかもしれない。

私は無邪気におおざっぱな質問をした「その船は出撃はしたんですか」と。「いいや、戦争が続けばこの土佐湾に米軍が上陸しておったろうが終戦になった」。

私は郷土が戦場にならずに済んだこと、彼らの命が失われずに済んだことに安堵した。

「じゃがのう。終戦の翌日に突然、格納庫で原因不明の大爆発が起きた。大勢の若者が死んだ。当時は機密になっちょって、今もよくはわからん。なんでもスパイの仕業じゃということじゃったがのう。戦争が終わってそんなことするスパイがおるかいのう。戦艦陸奥の爆沈もスパイの仕業ということじゃが」

後戻りの不可能な過去のことを、喋りたい事実はいくらでもあるが、袋小路の虚無の思想を老人は吐き出した。

タバコの灰を叩くのも忘れ、鎮魂、静かな怒りと諦念の世界に老人は沈殿してゆく。戦争を知った世代はその時間を耐えた。老人も語り部として耐えたのだろう。私たちは雨が上がればただ帰りたいだけになった。あれから四〇年以上が経った。吉岡は今も販売台数世界一の会社で忙しそうだ。そして、この初夏にネットから私はある事実を知った。老人はその事実を知らずに人生を終えただろうか、その幸福を私は祈った。

私は計算尺のカーソル指標をその日にまで滑らしてみる。

八月一六日、夕映えの渚にて

猛烈な機銃掃射の嵐がやんで、真島は四〇度を超そうかという蒸し風呂のような防空壕の中で、隣の竹下に声をかける。

「竹下、グラマンがやけに増えたのう」

三月に始まった日章飛行場の数百機近いグラマン機の重爆撃は、七月からは連日の機銃掃射も加わり激しさを増してきた。真島は本土決戦がいよいよ間近だと肌に感じた。

竹下は腕時計を見ながら「ああ、えらく空襲になってきているね」。

「ああ、七月二四日からは連日三〇〇機を超すと須崎の本部の報告だべよ。米国の本土上陸もそろそろだすべな。ところで、震洋は上手く走るだろうか。僕らは海岸を走る訓練ばかりだったが」

東北出身の竹下は汗を滝のように流しながらあたりに誰もいないので、不安を口にした。真島は彼の時計を覗き込みつつ「その百式海軍懐中時計の元の持ち主のSは、今頃は靖国で軍神になっちょろう。君とは同郷じゃったそうじゃのう」。

「ああ、Sがまさか高知の女と結婚するとはな、それもこんな時に、東男に京女とはいうけれど、彼女が可哀想じゃ」

当時、高知県の東は室戸岬、西は伊の岬まで回天二四基、震洋一七五隻、魚雷艇一四隻で、土佐湾沿岸を防衛する水中、水上特攻部隊が編成され、本部は須崎町におかれていた。八月一六日昼過ぎに突然搭乗員達に上官から心待ちにしていた出撃の命令が下った。

「須崎本部から無電命令が入った。敵機動隊本土上陸の目的を持ち現在、土佐沖航行中につき、直ちに出撃準備せよ。艇を海岸に出せ‼」

震洋はベニヤ板船体のモーターボートで、構造が単純ゆえ大量に生産された。その貧弱な構造は夜襲を前提としていた。

真島は夕焼けの浜辺に燃料を担いで小走りに向かいながら思わず語りかけた。

「今日はやけに夕焼けが凄いほどに綺麗じゃのう」

「うん、体当たりには条件のいい夜になるといいがなあ」

隊員一六〇人は、ただやっと来るべき日が来た、の思いで待機の持つ不安定さから一気に解放され、ただ特攻への情熱、十分な死に甲斐のみに支配されていた。彼らにとり、それまで海も空も袋小路であった。神風も菊水隊も水雷隊もおよそ戦闘とはかけはなれた自殺機、自殺艇であった。しかし、今こそあこがれていた最後の情熱を遂げるのだ。それが特攻とは‼

地中深い倉庫から魚雷を運び出し、蟻が獲物に群がるように出撃の浜に小走りに走る。夕日が紅く浜を染め数百の影を照らす。全員総掛かりで汗だくとなり、艇は海岸に整列し、エンジンは既に調整に入っている。あとは魚雷の装填のみであった。真島はもう一個の魚雷を運ぶために船から一〇〇メートル離れた倉庫のある焼け残りの松林に三輪車を引いて引き返した。倉庫前の浜昼顔の被う草地に足を入れた瞬間、彼は突然、頭を殴られ背中に猛烈な圧力を感じて、そのまま気を失った。どの位の時間だったかわからない。視線をうなり声や何かが激しく焼ける音の方向にむけた。

頚部を捻るとき激痛が走る。次の瞬間に痛みを忘れ、眼前の浜辺の光景が信じられなかった。

特攻艇は跡形なく消えて、浜にも海にも狂気の結果の破片、残骸、犠牲者が視野に入る。闇がおしよせる残照の浜と海に手や足や死体が転がり、海上におびただしい板が浮いていた。真島は気を失いそうな痛みに再び襲われて仰向けになった。その時に目上の松の木に引っかかっていた物。翌朝、それは竹下の遺体であることが航空パイロットのように二の腕にしっかりと巻かれたあの時計で認識できた。

震洋艇は二五隻中、二隻を残して木っ端微塵に吹き飛んでいた。なんとか生き残ったのは渚から後方にいた五〇人のみである。隊員一七五名中一一一名死亡、負傷者は三三名、終戦の翌日に部隊は自爆壊滅した。震洋の特攻隊員は一〇八一名戦死したとされている。

若者達は、天皇の玉音放送があった翌日に、それは知らされず出撃準備に向かい、そして一瞬にして爆死したのである。

何時《いつ》の時代でも国家の制度疲労は狂気の破局を意味する。

その日に出撃準備命令が須崎本部から出された電信記録はどこにもない。狂気の引き金となる幻の命令の主は、大本営から直接派遣された好戦派士官であった、という伝説がその地方に残る。

戦争を知らない世代の一人が、平和な戦後の放恣《ほうし》な不安定で浮動の社会を経験し、人生の残滓も交えて半端に俯瞰してみた。

昨年の東日本大震災をおもう今、この国の死語、空語のあふれる社会に、人間どもを焼き尽くす火が見えてくるだけだ。戦争を知らない子供達には今、ミッションが残されている。思想というものなどからは遠い昔語をしてしまった。

（二〇一二年）

上：現在の香南市住吉海岸
中：震洋隊殉国慰霊塔
（香南市夜須町）
下：慰霊塔脇の追悼碑
撮影：小林勝利

ビルマ高度五千メートルの百合

当初、私は今年（二〇一四年）の秋に二七年三ヵ月続いてきた秋田県南放射線講演会のことを新春随想欄に書こうと思っていた。六六歳の齢に第五五回までを終えることが出来たことを感謝しようと思っていた。しかし、昨日、ある会誌の原稿を書いていて急に、これを書くことにした。

私は高知高専電気科に三期生で入学しているが、秋田大学医学部にもなにやかやで三期生で入学した。この秋には一〇月一〇日に修学旅行を含めて三度目の靖国神社参拝をした。

その一〇月一〇日に、九三歳の元帝国陸軍偵察飛行中隊第八一飛行戦隊の大尉で、当時世界最速の偵察機「百式司偵」のパイロットであったNさんと私は靖国神社で初めて会った。

百偵あるいは新司偵と呼ばれていたキ46-百式司令部偵察機は三菱重工により製造された。

私はその機体を、Nさんから送られてきた数葉の写真で見ていた。

機体は、太平洋戦争前からの長期間をビルマで戦略偵察部隊兵として過ごしたが、戦争中のことはほとんど語ることのなかった父が、その飛行機のことを誇らしげに語っていたように、流線型の息をのむ美しい姿態をもっていた。設計者久保富夫氏の言葉、「飛行機の姿をみて、ああきれいだな、と思うようでなければ」のとおりであった。連合軍から「空の百合」と呼ばれたのは、まことに妙を得ている。当時の世界最高速度の時速六〇〇キロを記録し、次いで七七〇キロも達成した。燃料タンクを増設搭載したときは航続距離四〇〇〇キロで、その性能能力から地獄の殺し屋、ビルマの通り魔、写真屋ジョーとも呼ばれた。

その靖国神社参拝の日は、昭和三九年オリンピック開会式と同じ日で、やはり秋晴れ日本晴れであった。

私は日本橋人形町の甘酒横町のホテル一〇階で一〇月一〇日の朝を迎えた。

ホテル内の日本食店でインド人女性の給仕で朝食をしたためた。そのすぐ後に、今日の昼食は抜きであろうと思った。隣のイタリア料理店でイラン人店員に生ハムのドッグを二個注文した。昨年に続き、修学旅行を含めると三度目の靖国神社参拝に向かった。

数年前のことである。亡き父がその死の二、三年前から肌身離さず持ち歩いていた古い牛革の色はげ落ちたヨレヨレのショルダーバッグを、引っ越しのさいに廃棄するつもりで開けてみた。数十枚のセピア色の写真や免許証、勲章、軍人手帳と共に、手のひらに軽く隠れてしまうような約三センチ四方、厚さ五ミリほどに精巧に折りたたまれた紙片が出てきた。それを見て驚き、苦心惨憺してようやくNさんに連絡をつけた。

皇居のみえる九段下の巨大な大鳥居を抜けると、大都会から一転して野鳥の鳴き声が降りしきる森に変わった。青銅大鳥居、中門鳥居、神門鳥居を抜けて本殿にたどり着いた。

今年の初夏、郷里の友からメールがきた。土佐湾にあった特攻魚雷艇部隊「震洋」隊の慰霊祭終了を知らせるものだった。終戦の翌日に降伏を知らされないままに、今は「謎」とされている突然の出撃命令で、土佐湾沖航行中の米国空母部隊の攻撃を準備中、謎の大爆発を起こして二〇〇名近い若者が高知の手結《てい》海岸の浜に焼死した。彼らの遺族も多くは亡くなった。忘れてはいけない記憶が消えていく。記憶も死んで行く。

今年の靖国参拝は、昨年に約束していた少飛隊の方々――もと陸軍少年飛行兵で千葉の土浦から特攻出撃する筈であった全国の旧軍人達と正午から、そしてすぐに午後二時からはNさん達と計二回の参拝をした。Nさんは午前中にはフランス語、中国語、英語の講座をしていたと告げた。本殿で永代神楽祭の深紅純白の衣装に身を包む二人の巫女の奉納舞と共に、思いがけずNさんに玉串を勧められて捧げた。拝殿では三人の神官が奉納する、三管三鼓の竜鼓と鉦鼓の響きがモッコクの繁るしんとした境内に響いた。

参殿を終えて控え室でNさんは七〇年前の記憶を念仏のように語った。横浜出身で旧制の三高を卒業した後、陸軍士官学校に入学した。三年の内地勤務のあとビルマに転属された。

「この控え室は東京オリンピックの頃にはもうぎっしりで凄い人出でしたよ。多くの遺族会がこの靖国参拝をもっとも盛んにやり始めたのはあのオリンピックがきっかけでした。少飛隊の方達もそうです。我々は同じ陸軍ですが、彼らとは規模が違いますので、集団参拝はもう大分前からしていません」

広間には我々を含めて参拝を終えた一〇人足らずが、密やかに喫茶しているのみであった。

「お父上は私よりずっと先輩で編成の二年目にもう配属されていますね。電気関係の仕事で最高の整備が要求される部署ですよ。ご家族には言えない死に方、事故死も少なくなかった。発進離陸する時の事故死もありましたね。

開戦当時は破竹の勢いでした。しかし昭和一九年秋からは撤退―転進作戦―が始まりました。

百偵も敵さんにレーダーが配置され、加えてP51が投入されると撃墜されるようになりました。通常高度五〇〇〇メートルで飛行するのですが、酸欠で意識がもうろうとして、それで墜落した者も多いのです。

酸素濃度の計器は化学式と物理的な計測器と二通り用意しているのですが、両方共に故障の時も多かったのです。

戦争の後半には若くて未熟なパイロットも出撃せざるを得ず、事故死亡する隊員もいました。離着陸時はもっとも事故が多いのですよ。熟練した操縦士なら離陸の時のエンジン音ですぐに機体の不良を悟り飛行を中止する。最悪でも胴体着陸にするのですが、若くて未熟な者はあわてて機首から地上に突っ込み自爆します。飛行訓練時間三〇〇時間そこらではそれがあたりまえなのです。私達は三〇〇〇時間を超えて送られましたから。……海軍さんからパイロットを貸してくれといわれるような状況でした。私達の転進作戦は泰緬鉄道を利用して陸路からビルマ、タイ、ベトナムと抜けて、やっと昭和二一年に帰国、広島の呉軍港に帰投できました。

玉音放送ですか。ああビルマでも聴取出来ましたよ。ガーガーで声はまるで聞きとれませんが内容はすぐに察知しました。だって、その前に大本営から参謀長に突然帰国の命令がきて、私達の部隊から機を用意して本土に送りました。百式司偵はガソリン一〇本分が搭載できます。歴戦のパイロットならそれに燃料タンクをつけて飛行すれば本土まで行けます。気の毒なことに彼らは大本営会議が終わると、そのままここに戻されました。そのまま日本にとどまっていたら、あんな苦労はせずに……、昭和二一年五月一五日に輸送船に改造された空母鳳翔で帰還しました。

空母船内は驚くほどにみごとな改装がなされ、上下四、五段にベッドが階段状にぎっしりと配置されていました。広島呉軍港に帰ってきたときの気持ちは忘れません。

そうです。大本営は玉音放送前から終戦後に向けて動いていたのです」

不思議な笑顔を表して懐かしそうに彼は茶をすすり、私の椀にもほうじ茶を足した。

「玉音放送の日からすぐに帰国できたわけではありません。アウンサン将軍。そうです。スーチーさんの父、まだ三〇歳の若者でしたが、もともと日本で教育を受けていて、日本の敗戦後にすぐ独立運動を展開しました。我々も彼らのために空からの諜報活動や爆撃もしたことがあります。ビルマだけでなくベトナムでも。インドシナ半島ではあちこちで独立戦争が蜂の巣を壊したように一斉に始まったのです」

「九〇歳を越して三、四年前から八王子の自宅からここに来るのも辛くなり、地下鉄で何度も座り込んだことがあります。今は私一人です。鎮魂はあるいは私自身の励みなのかもしれません」

「だって今の日本は、あの戦争があるから今の繁栄があるのじゃありませんか」

ここだけ急に彼は訴えるように目を見開いて叫んだ。

私は心の中で数十年前に聞いた言葉を、大勢の誰かがかつて言った言葉を思い出していた。日本は負けてよかったね。今も私はときどき呟いている。彼らは死んだほうがよかったのかと。破壊され焼かれ消滅してよかったのか、と。

終わってしまうものは何もない。また新しく何かが始まる。

歴史はあらゆる事象の連鎖であるから。

（二〇一七年）

付記　鳳翔は復員輸送船として昭和二一年八月までに約四万人を輸送した。開戦時に日本帝国海軍に在籍した艦で、完全無欠の状態で終戦を迎えた唯一の艦船である。

秋の靖国参拝

その年の暮れはカレンダーが創られてから何世紀前と同じ陰謀の季節であった。

秘密保護法案、領空域問題で慌ただしいが同じようにその日はくる。日の丸の軍用機が不意にハワイに現れた日。個人の明日を政治が吹き飛ばした日。それから戦後六八年目の秋の午後に私は靖国にいた。亡父の残したメモから一〇年経った日に、しみじみと帰りのない旅を始めた。その春にメモをたよりに少佐に電話をした。いいや、私の自宅でなくて靖国で会いましょう。

YASUKUNIで〇〇時に会いましょう。

集合場所も時間も決まっています。靖国に来ればわかります。第八一飛行戦隊の元少佐がすっかり馴れた声で告げる。電話は互いに姿をみせないかくれんぼ。その後に中佐は分厚い書物を送ってくれた。読めというその書物と私の両眼はわずかに二〇センチ。しかし空白は埋まらない。一行の真実もそこにない。私は何十年も経て記された大将の戦記は信用しない。わかりました。記録は全てビルマの灰に、敗者に記録は不要です。私は一メートルの距離で幽霊と雑談をしたい。それで英霊達が証人の大都会の真中にある時間のない社、空間に行く。

装甲車のように巨大な宣伝車ががなりたてている。とまれ、その日は雲一つない素晴らしい秋日和。その秋空よりも深く高く私の想像は飛んだ。テレビドラマ一〇〇本分のドラマをみよう。少年達は「明日はいい天候でいい出撃の朝となりますよ」と肩を叩かれ眠りについた。翌朝に突然出発は中止され、永遠に英霊になれなくなる。如何に死ぬべきかという方法論は突然、如何に生きるべきかの問いに変わる。

さて約束の場所には白い天幕が秋の日を浴びて、背筋《せすじ》の真っ直ぐな老人達が大勢いたものの、そんな少佐はこの少年飛行隊にはいませんが。どの部隊でしたか。それでは貴殿の父君の海軍兵学校の卒業年度は何時《いつ》ですか、戦後生まれの私はまるでわかりません。

ただ、私の父はその昔ビルマで偵察飛行をしていました。偵察を終えて基地の上空数千メートルで飲む恐怖に冷やされたアイスコーヒーくらい美味しいものはない。その話を聞きたく参りました。わかりました。この世には無数の世界があるのですが、どの世界に行くためにもパスポートがいりますよ。まずは参拝費の二千円を。それから英霊の声を共に聞きましょう。

戦争を知らない子供に元特攻隊員はとつとつと、そして彼の時計の針は逆行して次第に雄弁に思い出を語る。空中模擬戦で衝突して死ぬこともあった若者達に、突然二五〇キロの爆弾を腹にかかえてぶつかれなんてさあ。ま、いずれ今日が最後の集会です、見たとおり高齢者ばかりです。彼らが本当に自由になれるのは記憶から解放される時だ。

しかし、とうとう彼は現れない。老いた少佐は死んだのか。いいや、どっこい生きてます。〇〇時に行きましてあなたを随分さがしたよ。全ては靖国の受付参拝予約係の犯した悲劇。また来年、新しい年にあいましょう。やがて私の針は前にすすみ、帰りの飛行機に搭乗した。

（二〇一四年）

ぬちどぅたから　―鉄の防風―

平成二六年七月八日火曜日朝：「猛烈な台風が吹き荒れています。添付ファイルも開けません。台風のせいでそういう風になっているのか不明です」
七月八日昼：「院長室で寝ていました。メールは届いています。が添付写真は開けません」
七月八日夕刻：「添付ファイルはサイズが大きくて開けないんだと思います。現在風の勢いがまして来ております。時々病院の建物が揺れます」
返信：「田中君　テレビで見ております。お察ししますが同情しません。私は高知高専一年生の時に学生寮の屋根が深夜の瞬間風速七〇メートルの風に吹き飛ばされた体験や、医学部三年生の時には高知県だけで死者七〇名以上を出した台風五号で我が家の一階天井まで浸水した経験があります。田中君、沖縄の言葉で「ぬちどぅたから」というじゃないか。まずはお命大事で危なければ逃げなさい。添付写真は秋田市内イオンモールの近辺川沿いで撮影したニホンカモシカです。私は秋田県内の能代の海岸や太平山国民の森、大仙市雄物川沿いの畑などで彼らを目撃していますが、秋田市内の繁華街では初めてです。ごらんのように痩せています。食い物がないのでしょう。それはともかく郷土土佐の台風情報も心配だからこれで」

七月九日朝：「滞在時間の長い台風でまだ病院に缶詰状態です。ピークは過ぎたようですが。被害は夜が明けないとわからないですね。危険なため外に出ることができないので。心配だけど。明日が怖い……！。good night!」

七月九日正午：「今は雨が止んで少し晴れ間ものぞいています。嵐の前後の静けさですかね？　四〇年前の昔と今では治水技術も天と地の差があるので大丈夫だとは思うが、それでも帰りの道が気にかかりますね。いつも利用している自動車道は封鎖されたままです。

一般道は冠水、流木あり、信号も使えないという噂も流れています。マンゴーも出荷が止まっているようで、ちょっと心配です」

秋田市内繁華街の川辺で撮影したニホンカモシカ

返信：「田中君　マンゴーは気になるね。今頃は青パイナップルや三沢バナナ、ライチ、マンゴスチン、高価だろうが時期を外すとまずいドラゴンフルーツ達が数個の段ボールからいっせいに顔をみせている筈だから。台風は沖縄を過ぎたらしいが、これからの大雨が心配だ。僕も昭和五〇年の台風五号の際には彼女の通過後に豪雨でしたよ。アメリカではジェーン台風とかカラミティ台風とか女性の命名をする。怒りの後、女は大雨だからね。

でも今回、沖縄では初めての警戒警報がでたというから驚いた。本土でも今は新潟とか山形では梅雨前線とかさなり各地で経験したことのない、五〇年に一度とかの大雨だとさ。本土などと懐かしい言葉をつい使った。北海道では内地と呼ばれていたのだったね」

私は学生時代に沖縄与那国島から北海道礼文島の旅をして、本土とか内地の言葉を知った。開拓、同胞の言葉の本当の意味も。

七月一一日朝：「田中君　九日の午前三時まで風は吹き荒れたそうだね。特別警報は風でなく大雨警報なのか。僕の古里が全国に放送された。猛烈な雨だとさ。古里は台風、豪雨のときには毎年全国ネットでマスコミに放映される。

四国で猛烈な雨がといってもも今、せいぜい四七ミリ。あの時は池川の一時間降水量は九四・五ミリだ。一日雨量は七〇〇ミリ。北海道の一年分の降水量にほぼ近い雨が降ったよ。ネットに戻ると、時間雨量八三ミリと増えたのでこれで失礼」

五〇年に一度の大型台風か。その昔、私は台風銀座の高知でも七〇年に一度の台風に、昭和五〇（一九七五）年八月一七日に遭遇した。お盆だった。高知県だけで七〇名をこす死者が出た。この中にはかなりの感電死死者が含まれる。私も一階天井まで泥だらけの我が家の水道蛇口でビリビリときて、すぐ近くのガスボンベをみるや、瞬間に外に飛び出した。

また、昭和三九年九月二四日には瞬間最大風速七二メートル、史上七位の風速を記録した台風二〇号の眼にいたこともある。あの時に高知高専一年生学生寮の屋根が吹き飛ばされ、窓ガラスがわれて破片がガラスの弾丸のように飛んでくると同時に、キーンと耳がきこえなくなった。きわめて短期間に台風の気圧は七五ヘクトパスカルも低下して、上陸したときは九七五だ。Ｗｉｌｄａという優しい台風だが、死者行方不明は五六人。

屋根が吹き飛ばされた瞬間、風呂場にかたまっていた集団の中からひとり私は天井を見上げた。ぽっかりとあいた天の穴、台風の眼から夏の星座がそれは美しく輝いていた。そうだ私達を祝福していたのだ。一五の夏の消えない記憶。すべては偶然に思えたが、あれから半世紀、今こうしてみるとこの数字には極めて正確無比な神の意志があるのではないか。

★

鼠空からこぬか雨が注いでいた正午過ぎ。台風は高知県宿毛市に上陸したあとはもう松山に抜けたと役場から知らせがあった。自宅は仁淀川源流河川に隣接していた。川岸からは五メートルほどの高さで斜め直線距離にしても八メートルほどだ。近くの橋から見下ろすと、流木を呑み込み竜のように走り下る仁淀川源流は濁流となり橋桁一メートル下に迫っていた。それが正午前には急に雨が止み、川の上昇が止まり、役場の職員から台風は伊予にぬけたぜよ、と聞き安心していた。そのとき上空では何が起こっていたか。一週間後に読んだ高知新聞で知った。富士山中央気象台観測班はレーダーに映る池川町上空のおよそ観測したことのない真っ黒な雲に仰天していた。

急にザーという音がした。それを合図に雨は滝のように降った。大地を叩く水滴は白い水煙をあげ、雨音は凄まじく耳を聾した。滝のような雨で、私の二メートル先にいた親父の顔も見えない。どの雨樋もホースのように水流を吹き出していた。濁流が家に流れ込み、父は玄関の数枚のガラス戸を流されまいと背中をつけて支えていた。母は下駄を畳の上に放り投げていた。アホか!!　足下が急に冷たくなった。畳縁からスーと泥水がホラー映画の液体人間のように浸み出している。畳が持ち上げられ本棚が倒れた。

水は天井まで上るのに三〇分かからなかった。私たちは皮膚を痛いほどに叩く雨に追われながら屋根伝いに逃げて、一夜を親類の家で過ごし空腹でお握りを口に押し込んだ。ヘリコプターで到着した自衛隊からはカップラーメンを渡されたが食べることはなかった。

翌日、水没した家に入り壁のポスターをはがすと矩形の泥板が残っていた。台風一過というのは嘘だ。驟雨は一週間降りしきった。後片付けの地獄が始まった。

お盆で帰省していた多くの人々は大半がマイカーを濁流に呑まれ、翌年から町のお盆灯籠は寂しくなった。台風後に半壊した家や家財は廃棄と整理をせざるをえない。大半は泥で処分するしかないが、町内は国道が決壊して一週間は陸の孤島になり、人々はゴミ捨て場もないので、ぬれた布団や泥だらけのテレビなどはまだ流れの激しい濁流に投げ込んだ。あらゆる道路が決壊して陸の孤島になった町で、夜にはラジオに耳をすましていた私達はマスコミの過去形の論調に腹がたった。道路が復旧すると自衛隊のブルドーザーが全壊、半壊している家屋をそのまま河川に流した。

役場職員のＤＤＴ散布で家の床（我が家の畳は一枚残らず流されていた）は一面の白い畑になった。

水害地域の保険請求は「未曾有の災害」ということで、濁流にのまれた家屋以外は保険会社から一蹴された。一万人が住んでいた古里はその年から急に寂しくなり、今日では三千人を割った。

★

「泡盛か」「ジュシーだよ*」「ラベルに泡盛と書いてあるぜ」返事はなく彼は一個しかない茶碗に焼酎を注いだ。「君が飲めよ」。おれはビールでいい、と故郷のオリオンビールをラッパ飲みしていた。湯気をあげる中華鍋に眼がゆく。「豚肉の煮込みか」「ラフティーだ。豚皮だから〇〇屋でただでもらってくる。豚肉はイリチーにしたほうが旨いね」。

八畳一間に立ちこめる油煙は硝煙にも思えた。私は沖縄から内地留学の最後の学生となった彼の下宿で、夕食は懈怠と安逸の六年間をすごし、自己の苦悩のあまりにも小さいことを思い知らされ、慰められ、なにかを友情と錯覚して深夜に帰った。高知出身の私と彼は北国の医学部に昭和四七年に入学した。三年生の夏に、たまたま私の下宿が彼のそれに近くなり親しくなっていった。

田中よ、かつて沖縄には熱望した神風は吹かず、鉄の暴風が吹き荒れた。米軍から六万発以上の砲弾、二万発以上のロケット弾、三〇万発の銃弾が発射されて島の形は変わり、集団自決があり、民間人だけで一〇万人近い死者をだし、米軍も一〇万二〇〇〇人以上の死者を出した。その戦いの米軍作戦名iceberg—氷山作戦。日本の正式名はないが、最前線では捨て石作戦と呼ばれた。

田中よ、今、沖縄戦の記録を読んでいると沖縄戦のさなか、一機の日本軍偵察機が詳細な米軍艦船の写真撮影に成功しているのを知った。なんという神の完全なる意志の正確さ、世界最速を誇った百式司偵の機影と第八一飛行中隊の名前を見たとき僕は号泣した。その機はビルマのラングーン近郊、ヘオのジャングルから出発したに違いないからだ。その頃、中隊の飛行機数は一〇分の一以下になり、飛べる機は二、三機しか残っていなかった。それも油が欠乏してろくに飛べなかったぜよ。父の部隊のパイロットが大本営に送った写真は、戦いの最初から意味がなかった記録だったので無用の写真だったが、後に世界中で少なくとも私には、その行動記録は価値があった。終戦記念日がまた来るね。いつの日にかその意味が変わるだろうが。我々が入学した頃、沖縄の基地からベトナムに飛び、今はアフガンに出征する米軍は今度はどこに行くのだろうか。

昨日、集団的自衛権行使容認が決議された。今日は米国国防省に自衛官一名の派遣が決まった。ニューヨークタイムズは「安倍晋三首相は多くの日本人の反対を押し切り、アジア地域の不安を増幅させる新しい憲法解釈に踏み切った。もう米国からの援護を拒否することは不可能だ。いつの日にか日本が強くなりすぎて米国の脅威となり、集団的自衛権を行使して米国をも攻撃することが理論上は可能になる」——そうだよ。昨日の友は今日の敵。歴史にはいくらもある話だ。

神は仕掛けた罠に獲物がかかるのを待っている。

それにしても台風一過すぐにマンゴー発送してくれてありがとう。田中よ。本当に出会った者には別れはこないのだ。かつて記念日の夏の昼下がり、秋田市のニュー大岳荘の庭で受けた、君の鋭いカーブをまたいつかどこかで、もう一球。あれは青春の情熱と怒りだった。あれほど純粋な白い小さな球体を僕は今日まで知らない。


（二〇一四年）

＊ジュシー：泡盛のこと

BAKA BOMB

タイトルは赤塚不二夫の代表作のギャグ漫画「天才バカボン」のことではない。最後まで読み進んでいただきたい。

漫画というと「ドカベン」が今年（二〇一八年）で終了することをNHKテレビ朝のニュースで知った。昭和四七年に水島新司原作で連載が始まった。私は医学部入学が同じ年であり、寂しいというよりお前も終了だと言われているような嫌な気分になった。そんな気分を払おうと、世間からは狭い世界の日常の出来事を書いてみた。

最近入所してきたばかり九五歳の男性Aさんは要介護1認定で入所したが、彼は老人と呼ぶには恐れ多いまことに元気な侍の男だ。

入所直前まで畑仕事と土木工事をしていた。日常生活自立度A2で認知症の診断はないが、認知症自立度はⅡ。当介護老人保健施設に入所した経緯は省くが、独居生活で歩行がきつくなったことがあるものの、そのことよりも本人自身はまだまだ元気で、なんでも出来ると思い込んでいることを長男が心配し入所となった。入所前に一時生活していた老人ホームでは、本人の親切心が旺盛で、小銭で自動販売機の缶ジュースなどを買いこみ、施設入所者や職員に配っていた。これも心配の動機だという。

武家の出で「そのうちに能代の屋敷にある鎌倉時代からの家系図を先生に見せましょう」と繰り返す。そのあとにかならず、

「わしは太平洋戦争では南方ミクロネシアのクサイ島に二年半いた。その前は満州独立守備隊に所属していて、橋の補強や道路工事をしていたが急に南方に転進させられた。終戦となって戦地から一三人の戦友の骨をな、苦労を重ねて、なんとか祖国日本に持ち帰ってきましたわい」

という話は止まらない。彼の戦後は彼自身の最後まで続くだろう。

彼と同じユニットケアに九三歳の女性が入所している。

老人は国後島にいた方で、

「当時は学校にもいけなんだが、やっと字を内地で覚えて、今その日記を思い出しながら書いています。もう、学校もろくに行けなかったので、戦争のこともありますが貧乏で、字もカタカナばかりでしか書けませんが」

といいながらベッドの下から大学ノートをとり出してきた。月明かりの下で覚えたという字は、平かなと漢字の入った立派なもので、内容は最近のことを記している。「島当時のことは先生には完成してから見せます。やっと一〇代の頃に入りました」果たして完成するのだろうか。

終戦翌日の小さい出来事

私は小学生の頃から八月一五日は終戦記念日と連想していた。しかし最近の数年は、その翌日一六日に高知県夜須町の海岸で起きた水上特攻隊の大爆発事故に思いをはせる。日々特攻訓練に明け暮れ、終戦翌

日に無念の死に遭遇した一一一名の若者を偲ぶ。

私は青春時代と呼べる時を、かつて人間魚雷回天や水上特攻艇震洋の基地が置かれた、その海岸付近で過ごした。高知高専校舎の周りには無数の防空壕や高射砲や機関砲の掩体壕《えんたいごう》の跡があった。事故の概要は、玉音放送の翌日の一六日午後七時に高知県須崎の二三司令部から「本土上陸の目的をもって敵機動部隊が土佐沖を航行中である。ただちにこれを撃滅すべき」の命令が、第一二八震洋特別攻撃隊に発令された。彼らは闇の迫る中を準備にかかった。震洋試運転中に突然一艇から発火して次々と大爆発を起こし、乗務員と整備員一一一名が爆死し、浜はちぎれた死骸と血潮で惨憺たるものとなった。翌朝に命令は誤報であったことが判明した。事件は世間に取り上げられることもなく、うやむやに終わった。

昭和三一年、地元の有志が慰霊塔を建立し、毎年八月一六日海軍水上特攻隊第一二八震洋隊慰霊祭が半世紀にわたり執り行われていた。しかし、数年前に関係者が高齢化し慰霊祭は終了した。

震洋はもともと、

「まっことあれはざっとしたものでのう、ベニア板の小舟にトラックのエンジンをつけ船の船首に魚雷を括り付けたようなもんでのう、これで敵艦にたどり着けるじゃろうかという代物じゃったぜよ」

と当時の漁師は散歩していた私たちに語った。そんな構造であり、あちこちで出火事故を起こしていて、コレヒドール島でも九〇人が大爆発で死亡している。

事件が歴史になるのには時間がいる。あれから半世紀を経た。大本営の「隊員は消耗品」の人命軽視の思想の上に特別攻撃隊はできた。神風から始まる特攻は作戦といえるものではない。その犠牲の多さに対して効果はほとんどなく、人命・飛行機・艦船を消耗しただけの惨憺たる結果を残した。人間ロケット、その重量の五分の四が弾頭の爆薬である特攻機、桜花は米軍からは「BAKA BOMB」と自殺を禁ずるキリスト教精神からもそう揶揄された。

私は医師会誌にかつて靖国のことで投稿したことがある。その時、太平洋戦争中、軍医だった医師達の回想記が最近、数多く出版されていることを知った。戦争当時を知ろうとする若者たちも案外といることをネットで知った。

世間もそう捨てたものでもないと思っている。

（二〇一八年）

フェイクニュースと真珠湾奇襲

二〇一八年、夏の終わる頃からメディアではトランプ大統領がマスコミの記者に向かい、「嘘だ!! フェイクニュースだ」と怒鳴っている姿が日常になった。間もなく米国は中間選挙で大統領は頭が痛かろう。私は年ごとに酷くなる足腰の衰えに、小生の勤務している施設に通所中の八〇歳近い女性にも、歩く姿を笑われたりして頭が痛い。ネットでもテレビでも無数の情報が飛び交っているが、真実に無害な情報の頻度はいかほどだろうか。そんなことを考えて師走の迫る中にこの駄文を記した。

私たち団塊世代でも一九四一（昭和一六）年一二月八日は忘れられない日である。

正確には日本時間一二月八日午前三時、現地ハワイ、オアフ島では七日午前八時、日本海軍はハワイ海軍基地を奇襲攻撃して宣戦布告をした。宣戦布告時間については攻撃前に布告していただの、いや人為的ミスで攻撃の後に、遅れること数時間でルーズベルト大統領に伝わってしまっただの、ややこしい話があるが、山本五十六連合艦隊司令長官の意図は奇襲に間違いなかろう。

その日、午前八時過ぎにホノルルで朝のコーヒーカップを片手にしたラムジー海軍中佐は、山の谷間から海軍基地に真っすぐ飛行してくる機影をみて「安全ルールを無視している機がある。すぐに機体番号を調べよ」と休日当番の部下に命じた。数分後にその機が爆弾を投下して飛行場格納庫が吹き飛ぶのを見るや、コーヒーカップを床に落とし、後の世界史に残る無線連絡文を打つように命じた。「真珠湾が奇襲を受けた。これは演習ではない。繰り返す。これは演習ではない」

ワシントンでこれを受信したフランク・ノックス米国海軍長官は、その朝はドイツ軍の英国爆撃のことや、国務長官のコーデル・ハルの外交文（後にハルノートと呼ばれた）に対する、日本からやがて送られる回答にどう返信するかに思いをはせて頭が痛かった。

不意にドアが開き部下が青い顔をして一枚の紙片を手渡した。紙片を一目見て「そんなことがあるものか！　フィリピンの間違いじゃないのか！」と叫んだ。

話を数時間前に戻すと、オアフ島の小さな山々の谷間を抜けたばかりの日本海軍第一波攻撃隊、一八三機の指揮官である淵田美津雄中佐は、機動隊長官の南雲忠一中将に向けて電文を打った。「トラトラトラ」と。後に「ワレ奇襲ニ成功セリ」と解されたこの電文は、正確には「全機突撃せよ」である。オアフ島沖の六隻の航空母艦、赤城、加賀、蒼龍、飛龍、瑞鶴、翔鶴の部隊はその戦果に沸いた。

しかし南雲長官は空母が全く発見されなかったことに落胆していた。後に山本五十六連合艦隊司令長官は再度米軍の空母を叩くべく攻撃作戦を立てた。翌年六月のミッドウェー海戦がそれである。

ともかく結果としては戦艦アリゾナなどの艦船の損害と、日本軍九人、米軍二三四五人の犠牲者をだした。この奇襲に、米国民は「Ｒｅｍｅｍｂｅｒ　Ｐｅａｒｌ　Ｈａｒｂｏｒ」と叫び、太平洋戦争開幕の世論は最高潮に達し戦争に突入した。

歴史的真実とは

しかし、この真珠湾攻撃は本当に奇襲であったのか。これがこの稿の前半の目的である。ルーズベルト大統領は実はこの攻撃を察知して、攻撃日の二日前からレキシントン、ヨークタウンなどの空母を真珠湾基地から北上に退避させていた。

機密に包まれていることなので詳細は不明だが、昭和一二年に開発された日本の九七式暗号、紫（パープル）暗号と米軍諜報部は呼んでいたが、これはかなり前から諜報部の暗号解読の天才フリードマンにより見破られていた。ルーズベルトは暗号解読の結果を公表しなかった。冷静に日本に宣戦布告し、そして当然ながら日本の同盟国であるヒトラーのドイツ、ムッソリーニのイタリアにも布告して連合軍に参戦したのである。

その前例は英国にもある。コンピューターの天才アラン・チューリングの物語は映画にも小説にもなっているのでご存知の方も多いだろうが、彼は計数機の数理的モデルとして知られるチューリング・マシンを一九三〇年代に提案し、今日の情報工学の礎を築いた先駆者である。ナチス・ドイツの開発した暗号エニグマは英国のウルトラと呼ばれる暗号解読グループの中枢にいたチューリングにより解読され、日本の九七式暗号、米軍呼称でパープル、あるいはD暗号も一九四三年頃に解読されていた。エニグマ解読はドイツによる英国の都市コベントリーの爆撃を予知していたが、チャーチルは暗号解読の事実をヒトラーに知られたくないためドイツ空軍の爆撃するにまかせていた。

エニグマ解読が重宝されたのはノルマンディー上陸作戦、その他重要な局面においてである。

チャーチルとルーズベルト達の暗号重要性認識と、その活用に対して、一方の日本はどうであったかは言うまい。日本の不手際は技術力の差ではない。日本の暗号技術は独創的で業務の組織化、人材も豊富であった。紫暗号は日本軍により終戦時破壊され、その組織力はいまでは知るべくもないが……。英、米国の情報セキュリティに対する技術と政策は日本には望むべくもなかった。真珠湾を攻撃当時三〇〇人程度の米国通信情報部隊は、終戦時には一万人を超えていた。

真珠湾攻撃は奇襲であったことは長らく伝えられて、今では些末なことになった。歴史の真実と事実とは異なることは世の常だ。

情報公開

米国では一九六六年に情報公開法が制定された。その結果として以下の事実が知られるようになった。昭和一九（一九四四）年の秋の米国大統領選ではルーズベルト大統領に対抗して共和党候補にニューヨーク州知事のデューイが指名された。この選挙戦の演説でデューイは米国が真珠湾攻撃以前に日本の暗号を解読していた証拠を利用してルーズベルト大統領を非難するらしい、という情報を陸軍参謀総長マーシャルは掴んだ。ここからはややこしいので詳細は割愛するが、マーシャルは歴史に残る書簡をしたためてデューイを説得し、デューイは納得して国家の大事を優先させたのである。

日本軍の暗号が既に解読されていた例はその他にもある。

前にのべた真珠湾攻撃の際に、空母が一隻も叩けなかったとして再度アメリカ本土への攻撃が計画され、その結果として生じたミッドウェー海戦のことである。日本軍が開戦当時使用していた九七式戦略用海軍暗号書（米軍はパープルともD暗号とも呼んだ）は最も広範囲に使用され、重要秘匿通信文はD暗号によった。

一九四二年六月七日朝の新聞シカゴトリビューンは以下の記事を載せた。「米海軍情報部筋が明らかにしたところ、現在ミッドウェー島の西海上で続行中の日米戦闘は戦闘開始の数日前に米海軍によって探知されていた」。この記事は日本側の目に触れないままに終わった。これを裏書きするものがニミッツ提督『太平洋海戦史』で「アメリカは日本の暗号電報を解読できたので、日本の計画に関する情報はきわめて完全であった。敵情を知っていたことがアメリカの勝利を可能にした。日本の脅威に対するあまりにも劣勢な米国の兵力からみれば、米国指揮官にとりそれは不可避な惨事を事前に知ったようなものであった」。ちなみにこのミッドウェー海戦で日本は四隻の空母と搭載機二九〇機のすべて、そして優秀なパイロットを多数失った。

時代は下り一九六五年の末にF・B・ロウレットというアメリカの暗号情報解読者に、ジョンソン大統領は国家安全保障勲章を手ずから渡した。彼は功労金として一〇万ドルを受け取った。これは日米開戦前に日本軍の暗号を解読した天才W・F・フリードマン、海軍通信情報組織の生みの親、フォード大佐に次ぐ功績であった。

ヴァーチャル・リアリティ

これから本論、私はかつて放射線科医としての画像診断で、MRIやCT、SPECTの画像を操作していた際に、いわゆるヴァーチャル・リアリティの恐ろしさを感じたことがある。

元画像から脈管像のみ取り出して三次元画像を作成する際など、数秒で容易に目的の画像が得られ、かつ、削除、合成が簡単なことである。現代の画像診断では一〇〇年以上前に開発されたアナログのレントゲン写真はまだまだ十分に有用な医療技術であるが、一方デジタル技術の進化により仮想現実画像を作り出すことはいとも易い。誇張していえばシュール・リアリズムである。コンピューターグラフィックスのデジタル技術はかつて非常に困難とされていたが、計算速度の飛躍的な進歩で、医学用画像診断の技術は映画でも頻用されるようになった。一秒間に二四枚あるいはそれ以上の画を連続的に映して動画を簡単に視聴者に見せる。このヴァーチャル・リアリティの進歩は現実感をもつ。

さて、仮想現実とはヴァーチャル・リアリティの日本訳であるがピンとこない。辻井重男東京工業大学教授はこれを人工現実と訳されることを提唱していて、私も賛成である。

話頭を変える。我々は一九九〇年代から急速に発達したマルチ・メディアの社会、ポストモダン暗号の世界にいる。この拙文の冒頭から上げた暗号の世界に私たちの大多数は生きている。ネット社会に接触している皆様方のメールアドレスやパスワードは暗号アルゴリズムの鍵にあたるのですぞ。

マルチ・メディアの社会では情報セキュリティの不備、人工現実世界の不可視性は不正を容易にする。銀行強盗は普通人にはためらわれるが、パソコン端末操作でビットコインの何十億もの大金を盗む若者は増加する。またこの現象はボーダーレス化している。現代の人工現実や情報セキュリティの現状は、技術のコントロール制御とともに、法律、倫理の問題としても真剣に論じられていいのではないか。

この数年、現実に起こっている戦争現場などをリアルタイムで視聴することが日常化した。先日も中東で、あるジャーナリストが数年ぶりに解放された。その個人責任論とか国家責任論とは別に、真に国民一般人にとり必要な情報とはなにかを改めて考える時ではないか。

ちなみに遠隔画像診断はもう日本でも二〇年近い歴史を刻んでいる。これが一般に個人情報としてリークするなどの問題となっていないことを振り返ってみて、私は感慨が深い。これは当初からその情報セキュリティがやかましく論じられてきた成果と思う。

（二〇一八年）

参考文献

長田順行『暗号大全』講談社学術文庫、二〇一七年

辻井重雄『暗号』講談社学術文庫、二〇一二年

ロナルド・ウィン『日本の暗号を解読せよ』白洲英子訳、草思社、一九八六年

阿川弘之『山本五十六』上・下　新潮文庫、一九七三年

岩島久雄『情報戦に完敗した日本』原書房、一九八四年

古希！　なんと私は古希まで生きのびられたのだが、古希の名の通り、ここまで生きる人は昔は珍しかった。現代の日本は元気で騒々しい老人大国で、今年六五歳以上は三五五七万人、全体の二八パーセントで若者には迷惑なことであろうと私は身のおきどころがなくて窮屈だ。七〇年間ボーとして生きてきて恥ずかしいが、体力は月々に衰え、この先もボーとして歩いていくしかない。

　これが秋田医報への平成は最後の随筆となるかもしれないが、この愚文もボーとしていて「チコちゃん」に叱られる。許してほしい。

陛下との思い出

平成時代に入ったばかりの頃の思い出である。私は昭和の最後の年に会津若松市の竹田総合病院を経て、次に福島郡山の南東方脳神経外科病院から大曲市（現在は大仙市）の仙北組合総合病院に赴任したばかりであった。なのでそれから長い間、秋田市の自宅を往復することの多い生活であった。

　夏の終わりの出来事である。

朝靄が周辺の山々、田畑一面に立ち込める一三号線を、その日の早朝六時頃に秋田市に向かってトヨタカリブを走らせていた。早朝の閑散とした国道を秋田市に走っていると、刈和野を過ぎたころと思うが一台のパトカーとすれ違う。私はわけもなく、やや胸がどきどきしたが通り過ぎていった。安堵していると、なんとまた一台の白いパトカーが、そしてまた一台、また一台、五、六台のおまわりさんとすれ違い、その四〇〇メートルあとから白い大型バスが四、五台通過した。最初は観光バスかと思ったが表示はなく、どの車の窓にもびっしりと白いカーテンが引かれていた。そして大型の白いワゴン車が二、三台通り過ぎ、最後にＮＨＫの表示の入った8ナンバーの大きなワン・ボックスの移動中継車が恐竜の角のように伸びたカメラを高く車の前方に掲げて通り過ぎた。すべてが了解され静寂が私の心に訪れた。

二、三日前に陛下の秋田県〇〇の植樹祭ご出席が秋田魁で報じられていたのを思い出す。天子様にすれ違った！　四国山脈のど真ん中の出身で田舎者の私は、このままＵターンして皇居まで追いかけて行きたい衝動を止めるのに必死だった。そんな経験が五、六度今までに国道のあちこちの早朝にあった。私はお目に掛かることが出来る身分では到底ないが、それでも戦後頻繁に施行されるようになった天皇行幸のお蔭で、一〇メートル以内に天皇皇后両陛下や皇太子殿下に接近したことはある。高知に帰省する時も今は皇位継承者になっている方の、柔和で高雅なお爺さんとも同じ飛行機、バスに乗り合わせたこともある。それで、今思い出したが、陛下の最後の行幸の行事は私の郷里、高知の「豊かな海つくり祭り」であった。

さて、福井県あわら温泉旅館というより、自殺で有名な東尋坊近郊の温泉にあるお宿は、天皇家が行幸された時の常泊宿であり、私が泊まれるような所ではないが、ある方のご厚意で宿泊したことがある。今は民間人となられたが、その頃、結婚間近だったサー様と呼ばれ親しまれた皇女を含めて様々な話を、四〇代の中居さんの女性から伺ったのも楽しい思い出である。

つくづくと皇族は窮屈なものだと思ったし、私のように旅先で暴飲暴食無礼講する輩にはためになった話を仕入れたが、またマスコミの情報は大嘘だと思い知らされた。食事費用は宮内庁の規定で値段も制限内であるそうだが、そこは板場が数年に一度の腕を振るう。しかし皇族様たちは、ほとんどその御食事には箸を付けることは少なく、一方、皆様はお酒はめっぽう強い。サー様も例外でなく何時《いつ》も明るくにぎやかなお酒で一座は楽しいもので、「サー様は必ず私どもにも朝夕や御出発、お帰りのご挨拶を欠かしませんでした」と楽しそうに語った。昭和天皇の崩御の際も一年間近く消化器の大出血に耐えられての闘病生活であったが、あわら温泉でその理由がわかった。

その夜はめったに踊らないという美しい姉さんが日本舞踊を披露してくれた。

また、ある真夏の正午近くにこまちスタジアム近郊にある広い松林を、犬と汗を拭きだして散歩していると、あちこちの藪や草むらからガサガサと音がして、突然に現れた数人の容姿端麗な粋なカーキ色の制服姿に感激した。「ああ皇居警察官達だよ。明後日ここで式典があるよ。爆弾探しかね。大変だよ、あの人たちも」と守衛が、汗をぬぐいながら教えてくれた。

美智子様ご成婚も購入したばかりのテレビで見て、親しみは感じてきた。一つの偉大な時代の終焉だ。

世界は今

今年も自国第一主義と分断、移民問題に揺れた。米国中間選挙が終わり予想通りの結果となり、まずはめでたい。世界は予測のつかない言動と政策を打ち出し政治常識は小学生並みと報じられたトランプをはじめとして、習近平、プーチン、北朝鮮の金正恩、シリア大統領や中南米に続々とミニ・トランプ達の独裁者の季節が始まりそうだ。国家の対立は深まり世界的に民主主義は終わり、大衆迎合のポピュリズムは蔓延しているだろうが、衆愚政治とも決めつけられない世界の貧困、いつの世もある既存の権力者たちへの反抗、インターネットに代表される空虚誇大な情報に深刻な根源があると思う。自国第一は日本を含め、どの国も根底は同じで愛国主義に境界線はないなどと、片田舎の下流医者が心配しても仕方がない。先進国でポピュリズムに毒されていないのは日本とカナダだけということにまず安心して、最後に私の今年を振り返る。それにしても「平成とは結局、何だったのかね」。

地方への郷愁と昭和ノスタルジー

今年一番に嬉しかったことは、今年の第百回記念全国高校野球選手権の奇跡的とも思える出来事、事件である。私の勤務する地域出身の吉田輝星投手を中心とする全員が、秋田県内中学出身者という金足農業高校、それもほとんどの選手が高校から初めて硬式野球に入ったという、甲子園の活躍である。私は当初、いつもの一回戦ボーイと思い観ていたが、施設のおばさん職員達がホールのテレビで大歓声を上げる中、とうとう一〇三年ぶりに秋田県勢としての決勝進出まで見届けた。

甲子園で吉田投手は六試合で八八一球を投げた。その満身創痍の姿でプロ野球予備軍のような大阪の名門高校に挑んだ姿と、全国の高校野球ファンに「おらが故郷」を感じさせたことは、その後に日本全国から金足農業に億単位の寄付金が寄せられたことでもわかる。

大阪桐蔭も二度目の春夏連覇の偉業達成に違いなく、根尾選手その他のナインのハイレベルと強さに瞠目したが、結果は東北の無名に近い公立農業高校が話題をさらった。吉田投手はあるアンケート調査で今年活躍したスポーツ選手の第二位に選ばれた。一位、フィギュアスケートの羽生結弦氏。三位が大リーグの大谷翔平氏である。

二番に、悲しかったことは、ちびまる子ちゃんの作者、平成の清少納言とうたわれたさくらももこさんが逝去したこと……かな。ももこさんが平成元年に『ちびまる子ちゃん』で講談社漫画賞少女部門で受賞してからの活躍はご承知のとおり。大変なヘビースモーカーだったようで、その分「煙草を吸ってない人の二〇倍は健康に気をつけている」そうだったが、乳がんを患い五三歳の死去となった。『ももこのおもしろ健康手帳』（幻冬舎）の本も出していたし、その他にも民間療法も実践していたようだ。私は漫画のほうはさっぱり読んでいないが、感銘したのは、『おどるポンポコリン』で、現代風にいうとラッパーと称するのか、「エジソンは偉い人そんなのじょおしきいいー」という一節であった。彼女が逝去したのは八月一五日で私は忘れまい。

三番目に、感動的だったのは、エンゼルス大谷翔平選手がベーブ・ルース以来の二刀流で、かつ彼を上回る記録を残してアリーグ最優秀新人王を勝ち取った活躍である。春のキャンプの成績が芳しくなかったがよく克服した、と他人事でも嬉しく思う。明るくてインタビューも堂々としていて好感が持て頼もしい。

四番目に衝撃であったことは、秋田県立脳血管センターの名称が変更されたことである。上村一男先生、山口昂一先生、奥寺利男先生、菅野巖さん、その他の数々の先生方にいろいろご教示して頂いた、日々の思い出は消えない。

付記　Zはご存知のようにアルファベットの最後の文字であり、数学では第三の未知数として使われる。Zから私は学生時代に見た一九六九年製作のフランス映画の場面が浮かぶ。主人公の政治指導者に扮するイブ・モンタンが極右のならず者に殴り殺される場面である。いずれZは最終とか究極の意味を持つ。もちろん最高とか最低最悪の意味もあるが……。

（二〇一九年）

Ⅱ　歴史街道の寄り道

――幕末・維新――

維新 ―龍馬暗殺と憲法改正―

一一月一九日のNHKテレビ番組「龍馬最後の三〇日 没後一五〇年新発見の手紙をもとに暗殺までのサスペンス」を鑑賞してこの稿を書くことにした。

ドラマはやや荒唐無稽なものであったが興味深く見た。浅学をかえりみず評すると、才谷家と坂本家の関係、幕末の志士はほとんど変名を使用していた。龍馬も例外でなく変名は「さいたにうめたろう」―才谷梅太郎―咲いたに梅たろう―をもじった龍馬らしい名前だが、これを暗殺者達は周知していたことになる。もともとは才谷家が坂本家の本家筋であり、才谷家が財を成し郷士株を買った。そして坂本家が郷士となり高知本町筋の表通りに店を持った。坂本家は福岡という家老の支配下に入っていたが、これも上手く脚本化されている。首魁の武市半平太を切腹させ土佐勤王党を弾圧した山内容堂とか、この辺りも巧みに脚本家は取り入れて、容堂が暗殺の張本人という結論にしている。

悲劇の現場を見届けていた京都国立博物館保管の白梅と寒椿の掛け軸も、小道具としてうまく入れているが、梅の咲いていない掛け軸をみて暗殺決行のサインを知った陸援隊の中岡慎太郎が、むざむざ自らも切られるとか、不可解で切れの悪い幕切れに過ぎる。

さて龍馬は戦前にはそれほど有名ではなく、彼を日本の英雄にしたのは『竜馬がゆく』の司馬遼太郎氏である。

しかし改めて龍馬人気、日本のために命を捧げ維新目前に三二歳で凶刃にたおれた土佐郷士一の人気に驚いた。彼の活躍した期間は三、四年足らずである。彼は不思議な人物で、茶の間にいてもテレビ番組から日常の中に維新が立ち昇ってくる雰囲気を今でも持っている。

龍馬は戦前には人気がなかったとはいえ、昭和一七年封切りの大映映画は阪東妻三郎を始め嵐寛寿郎、片岡千恵蔵などオールスターキャストの映画があり、坂本龍馬を演じていたのが、かの阪妻である。龍馬の偉大さの程度の評価はともかく、それなりに人気はあった。

暗殺の下手人のことはこれまで数えきれない諸説があり今後も続々と出てくるだろう。私は龍馬暗殺外聞史には独特の読み方があると思っている。

ここでは私が偶然、かつて靖国神社ちかくのホテルで袖をふれ、その勉強ぶりに感銘した半藤一利氏の説をご紹介する。

直接の下手人は、見廻組与力頭の直心影流免許皆伝かつ講武所師範で、自ら片手打ちを編み出した逸材の今井信郎である。勿論この片手打ちで龍馬を座りながら横に薙ぎ払ったと自ら証言している。その彼は逮捕後に禁固五年、のちに三年で出所している。助命嘆願をしたのが西郷隆盛である。龍馬暗殺後に土佐藩藩士は今井説を毛頭信ぜずに必死に犯人を捜した。しかし龍馬暗殺の二ヵ月後に明治政府は突然に暗殺禁止令を出した。これで黒幕も推測はつく。しかし、この説も龍馬の受けた額の致命傷や暗殺者の残した鴨居の刀傷や龍馬の刀の刃こぼれなど説明のつかない点も多いのである。ともあれ死後まもなく大政奉還と倒幕の詔勅が同一日に出されたのには、私は龍馬の怨念を感じている。

余話ついでにドラマで龍馬は天下の山師のように描かれていたので、彼の名誉のために龍馬の人物に立ち入る。司馬遼太郎氏の文章を引用させていただく。

維新史が坂本龍馬を持ったことはそれ自体が奇跡であると高知県維新史の平尾道雄さんがいってお られますが江戸末期封建社会に西洋的市民性をもった人物が革命家として現れたというのは不思議で す。（中略）龍馬の友達に平井収二郎というのがいて、その妹に大変美人のお加尾さんがいた。その お加尾さんに龍馬がラブレターを書いてお加尾さんは兄に相談したところ「彼は学問がないきに気を つけろ」と言いました。つまり観念論的哲学、道学を彼は持たないのです。私が龍馬を書こうと思っ た時に一番感動したのはここでこれが芯になっています。一般的な意味の学問がないのとは違います。 龍馬の字は幕末史の中で一番芸術的ですが規矩準縄で定規にあわず習字のお手本にはなりません。習 字が上手いというのは真似が上手いということです。

もともと私は騙されたいと思いながらも龍馬さんのことになると、いつも上のテレビ番組のスイッチを捻ったり映画を見たりするのであるが、ここ数年は明治維新とは何かは、日本の二一世紀がすすむにつれ切実な課題になるかと思い始めている。

もう一度司馬遼太郎さんの講演を紹介する。

「……別に龍馬の伝記を書こうと思ったわけでもなく『長州がかわいそうじゃないか』という西郷に言った龍馬の言葉を背景に龍馬の人柄と半生を書こうと思っただけでした」

ともあれ、日本人は維新がたまらなく好きで、憲法改正を急ぐ長州出のA首相もそうであるらしい。さて平成三〇年は維新になるかな。

（二〇一八年）

それから

夏の日の午後

平成二二年も一二月に入りカレンダーは後一枚で慌ただしい。雪の降りしきる午後、孤寒に向かう中、今年の初夏のことを回想していたら、数十年前の雪深き会津の記憶もじわりと冷気からたちのぼる。秋田医報読者の耳目をそばだてるには些末なことかもしれないけれど、あまり世には知られないだろう幕末の土佐と秋田の交流、そのことを書く。私は高知から来秋して、ほぼ四〇年間に近い歳月を送った。その間、会津若松市の竹田総合病院外科には三年間勤務した。その期間に肌で感じたこと、明治維新にまつわる随想などを併せてここで記したい。

今年夏のことだ。ああ、ここにも。これで何人目かな。私はその展示写真を見たときに自然とその言葉が口をついて出た。その写真は以前高知の龍馬記念館で見たことがある。この初夏の朝、テレビで「龍馬展を秋田県立博物館で開催しています」との短い地方ニュースが視野に入り、龍馬展を開けるほどに秋田に資料があるのであろうか、疑念にかられてすぐに車を秋田市郊外の博物館に走らせた。

「それでしたら、〇〇さんに聞いてください」

受付嬢が呼んでくれた三〇代の痩せぎすで長身の男性館員が白いやや汚れたエプロン姿のまま、工芸をしていたのだろうか、手を拭きながら急ぎ足で私に近寄ってきた。

「ああ、あの龍馬の写真は七枚が現存しているのが確認されています。そのうちの一枚です。龍馬はもっと二〇枚以上は注文したようで、海援隊同志になにかの記念として配布したほかに、名刺代わりにも使用していたようです。いや、長崎でなく江戸か京都で撮影されています」

なめらかに力強く龍馬を語る。

「もともとこの展示資料は茨城県の博物館に委託されていたものを、その所有者が結婚のためにこの度、秋田に来られたということで、当館に寄託されたようです。なんでも海援隊の子孫にあたる方だそうで。それは個人情報になりますので、その方が男性か女性かもお知らせできません」

博物館玄関での立ち話は幕末から明治維新に移り延々と続いた。

館員の話の大部分は、戊辰戦争の際に奥羽越列藩同盟の仙台からの使者の一行をなんと、佐竹藩の青年壮士が衝動にかられて切り捨ててしまったことで、佐竹藩は同盟に攻められることになってしまった。無駄な戦をした。「なんとまあ、使者を殺しちまったんだす」。切り捨てるという蛮行、対応の拙さからの悲劇に対する悔しさが大半で、私は急に秋田弁の多くなった愚痴の洪水を複雑な気持ちであびていた。

秋田の受けた傷跡は死傷者六百数十人、民家焼失五千三百余である。佐竹藩が攻められたのは、同盟に加わらなかった東北唯一の官軍であり、東北諸藩から見て裏切り者であったからである。

諒鏡院様の江戸登り

ここで話頭を変える。

坂本龍馬が慶応二年一月歴史的な薩長同盟を成した半年後の六月、遠く秋田は湯沢を越えて、その奥女中一行とともに必死の気迫で江戸に上ろうとする若き女性がいた。

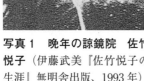

「ここに留まり何日でも待ちましょう。伊達藩の百姓一揆が治まるまで待ちます。江戸には即刻に登らねばなりません」

頭のいい綺麗な後家様の二五歳の佐竹悦子は国内情勢の争乱により、院内に一一日間滞在して江戸登りの機会を待ったものの、家老の戸村十太夫の「長州により下関が塞がれ政局不安で、江戸までの交通も各地の一揆で困却してござる。どうか、今回はおやめくだされませ」の説得でやむなく久保田城に引き返す。

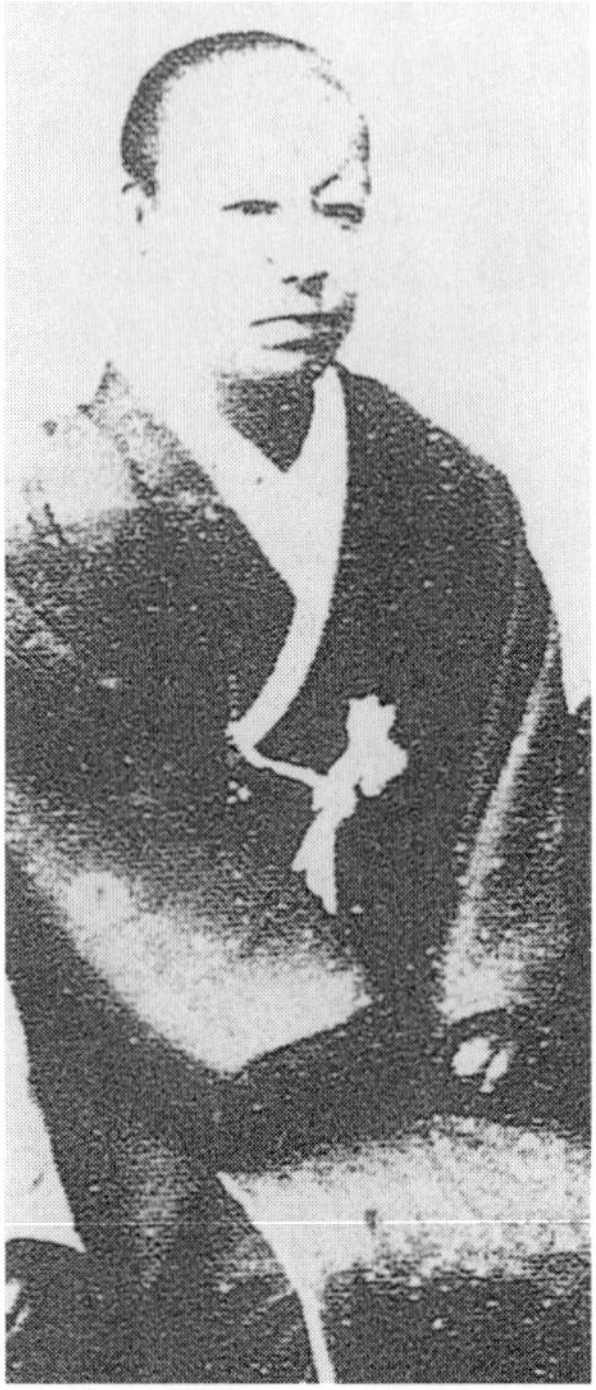

写真１　晩年の諒鏡院　佐竹悦子（伊藤武美『佐竹悦子の生涯』無明舎出版、1993年）

諒鏡院佐竹悦子（写真１）は土佐藩一二代目藩主・山内豊資の娘であり、一五代藩主・山内容堂の叔母にあたる。山内容堂は王政復古の大号令で「一、二の藩の策動で新政府が出来たとするのは理不尽である……」と宮中で大演説をぶち、満場を圧倒して七〇〇年の武家政権に終止符をうつのに大役を果たした人物である。容堂を甥に持つ悦子は、当然に時代の趨勢は熟知していたであろう。

佐竹藩で「三の丸様」と呼ばれた若き彼女には山内藩からの飛脚が頻繁に行き来している。彼女がほぼ突然に江戸登りを計画したかは容易に想像できる。百姓一揆の頻発のために果たさず、この時に院内で長年連れ添った奥女中一〇名に永久の暇を出して、自身は七月一一日久保田城三の丸に戻った。佐竹藩一一代藩主佐竹義睦の正室となりながら、わずか三ヵ月で死別し、その後は豊資、容堂らの帰家再婚の声に一切耳をかすことなく秋田の人となり六〇年、東京富士見町で七六年の生涯を閉じた悦子。山内一豊の妻の子孫、土佐の秋田女については誌面の都合でこれで置く。

屍を乗り越え乗り越えて

博物館龍馬展の龍馬の写真の隣に石田英吉の写真（写真2）があった。

ああ、ここにもいたのか。悦子より数年遅れて高知から秋田の地に戦乱の中を上陸した志士が。英吉は海援隊に属した人物で、維新を生きぬいた数少ない典型的な土佐の勤王志士であり、その弟子が陸奥宗光である。そして彼は秋田県の事実上最初の知事──県令として秋田県政の基礎を特に農政において築いた。ちなみに秋田県初代の県令は久保田藩主佐竹義堯であるが、廃藩置県に伴う混乱を押さえるための形式的なもので、義堯は三年後に官命で上京し、明治一七年、侯爵に任ぜられた。

石田英吉は一八三九年から一九〇一年の明治三四年まで、維新の激動を生き抜いた。土佐藩医師の伊吹家の長男として生まれ、坂本龍馬の義兄高松順三に学んだことが縁で龍馬と知りあっている。

写真2　石田英吉（前列左から3人目）明治13年撮影
（京都霊山歴史館蔵）

文久元年に緒方洪庵門下生、文久三年、天誅組に参加、幕府軍と戦闘し敗走して長州に行く。英吉は天誅組の生き残りでもある。禁門の変では久坂玄瑞らが自刃するなか、彼も重傷を負うが生きのび、ここで石田と改名する。慶応二年、高杉晋作とともに騎兵隊創設に参加、龍馬の意向を受けてユニオン号で砲手として四境戦争、下関海戦では大活躍。

慶応三年龍馬に招かれ海援隊で横笛丸船長となる。海援隊では長岡謙吉、福岡孝弟、陸奥宗光とともに逸材であった。慶応四年に奥羽に援軍として秋田に上陸、総督府参謀として庄内藩陣地攻略など転戦した。明治二年長崎県参事、八年秋田藩県令となり八年間の官職のあと、一六年には長崎県令となり明治二五年郷里の高知県知事のあと、農相事務次官などを歴任して男爵になる。明治三四年四月京都で没。高知の医者の息子が秋田の農業の指導者となる、まっこと不思議な時代であった。

英吉は何度も死線をくぐり抜けた。いわゆる勤王の志士は全国で約三千人いたとされる。土佐勤王党に血判を記したもの一九二名で郷士、下士の比率が六四パーセントである。その大半は「後世に残る見事な」切腹を遂げた武市半平太を始めとして、文久、慶応、明治に斃《たお》れている。皮肉だが土佐藩が、薩長両藩に並ぶ発言力をもったのは、土佐勤王党の力によるといって過言ではない。

（二〇一〇年）

饅頭屋の切腹 ―龍馬の影を生きた男―

突然に大河ドラマ「龍馬伝」の感想を書いてみた。もとより、秋田藩の佐竹家には土佐藩の山内家から八代目義敦、一一代目義睦に正室佐竹悦子を出しており、ご縁がないわけではない。ちなみに以前より私は偶然に近藤長次郎のご子孫と縁をもった。故に脚色の強過ぎる感をもった大河ドラマをチラリチラリと横目で見ていて「むむ」と自然に眉が八の字になる場面があった。

これからＮＨＫがどう展開させるのか解らないが、饅頭屋長次郎の客観的事実を秋田医報の読者にご紹介して、知ってほしく思った次第である。

年頭からのＮＨＫ大河ドラマ「龍馬伝」を見て、当初はドラマであると承知はしているものの、歴史の歪曲があんまりではと憤激していた。岩崎弥太郎、近藤長次郎の描写において、前者があまりにも貧乏で汚く粗野で下品に描かれ、平井加尾のプロットにしても無理がありすぎる。後者は誠に明るく陽気に描かれているのはいいが軽すぎていかん。なにより安芸市（現在）在住の弥太郎と高知市の龍馬の地理的環境を知悉していれば、頻繁に顔を会わす場面も日常的すぎて「あんまりぜよ」と思い、少し調べてみたが、両者に郷土高知で対面した歴史的事実はない。

また弥太郎については「三菱からは非難轟々ぜよ」と東京在住の高専時代の同窓生商社専務からのメールがあり、高知新聞読書欄の抗議文も読む機会を得た。「弥太さん本人もその家もあんなに汚うないぜよ」とか（写真１、２）あるわあるわ。高知文芸協会の友人にこれを電話でぶちまけたところ、所詮、脚本家の創造した世界だ。龍馬はあまねく世に知られている。視聴者はそれなりに見るよ。歴史の歪曲というほどでもなかろう、と軽く片づけられた。

高知出身の脚本家、中島丈博氏（蛇足だが、御子息が秋田大学医学部出身の小児科医で私のいた大仙市の病院にも勤務されたことがある）は、龍馬は実に難儀な素材である、と高知新聞に寄稿されていた。ＮＨＫでは、既に司馬遼太郎の嚇確たる『竜馬がゆく』の名作があるものの、これを離れてのオリジナル脚本に創り上げることになった。龍馬は既に四二年前のことであるが大河ドラマとして放映されている、が第一の理由。その次は今年（二〇一〇年）一一月から『坂の上の雲』が放送予定となっており、

写真１　弥太郎の生家（三菱史料館蔵）

写真２　弥太郎の生家

原作至上主義を貫く司馬財団から厳しい注文がつけられ、脚本に難渋した時期もあり、それならこちらは原作なしで、ということになったのであろうと推察している。しかし、龍馬は既に高い国民的英雄のイメージがあまねく浸透しており、実に難儀な素材であると嘆息し同情もしている。

ここで、今少し脇道に入る。四〇年ほど前の真夏の昼下がりに、四国山脈山中、愛媛との県境に位置する郷里で司馬遼太郎と私は少し声高く呼べば聞こえるほどの距離、襖一枚の境をおいて存在したことはある。

私の母方の実家は一〇〇年以上前からある料理屋である。医学部入学の頃か、庭を通りかかった私に叔母さんから「博之君、いま離れの座敷で、作家のツウマリョウタロウが仮眠をとっちゅうけんど、起きたらサインを貰おちゃろうかね」と声をかけられた。「そりゃ、シバリョウタロウ、じゃないかよ。まあ、ええわ」と断った。

今、思うにああ誠に惜しいことをした。彼は作家に転身して日が浅く、さほど有名ではなかった。司馬さんの編集者によれば、司馬遼太郎も当初は、恋ありチャンバラありの時代小説を執筆していた。それが『竜馬がゆく』で連載ごとに変貌を遂げて、その後の司馬遼太郎が出来上がった。その記念すべき作品はまだ連載が始まったばかりであったろうか、高知新聞の連載はちらと眺めただけであった。彼を当時、数多くいる作家の一人とみていた。司馬遼太郎は愛媛と高知の県境の山中で切腹して二三歳で果てた土佐脱藩浪人、中島与一郎のことを取材するためにわが郷里に足を伸ばしたのだと役場の友人から聞いたのは二、三日後だったか。与一郎のことは作品には登場しないものの、その取材徹底ぶりに、四〇年後の今は感嘆している。

本筋に戻る。私は当初、テレビの弥太郎はあまりにも貧しく、汚く表現され、饅頭屋長次郎（写真3）もeasyに登場してきて嫌悪感さえ覚えていたものの、次第に香川の演ずる弥太郎が大変に面白くなり、饅頭屋も、性格は逆の描写にしてかくある人物なら、それならば、悲惨な最期も回避できたであろう、という気持ちが週を追うごとにつよくなり、熱心な視聴者になりつつある。

さて、長崎、亀山社中の申し合わせにより二九歳で非業の自決を遂げた長次郎のことに移る。もう一〇年ほど前になるが、福岡のダイエーホークスの社長室副室長が、私の小学、中学の友人であることから、グループの経営するホテルで、九月といってもかなり暑い一夜、ミニ同窓会を催した。同窓の女性の夫が同行していたので、席を御一緒にとお誘いした。その時、「今度、家内が福岡に行くというので、ドライブを楽しみながら高知市から一緒について来ましたが、実は私は龍馬と亀山社中で一緒だった近藤長次郎、ああ、その饅頭屋長次郎ですけんど、その子孫にあたります。明日はその長次郎のお墓参りに長崎まで行きます」。

龍馬の言葉が出たとたん、Cさんと汗を拭いながら氷入りの麦焼酎を交わし、互いに相好を崩して時間の経過を忘れた。

「もう今から三〇年以上前になりますろうか、私が小学五、六年生の頃に、午後九時ごろになりますろう、戸を叩く音がしまして、出てみるとまことに立派な白髪の風貌のいかにも小柄ではあるものの、大商家の主というような年は七〇をとうに過ぎた感のある御老人が立って『長崎の小曾根です。こちらが千頭さんのお宅ですか。あの近藤長次郎の末裔のお宅ですか』と挨拶したのを子ども心に覚えちょります。長崎から御一人でお見えになった、とおっしゃられて、その夜は遅くまで父となにやら、子供なので内容は

写真３　近藤長次郎（川辺家資料、高知市立市民図書館蔵）

ようわかりませんが、長い話が続きました」

対応したのはＣさんの父の千頭金之助氏、訪ねてきたのは小曾根乾堂の孫にあたる小曾根星堂つまり星堂金次郎翁である。当然、長次郎の死は話題の中心であったろう。

長崎、小曾根家乾堂の裏庭に建つ別所、梅花書屋の亭で慶応二（一八六六）年、旧暦一月二四日、饅頭屋長次郎は介錯もなく切腹して果てた。裏山の笠頭山、高嶋秋帆墓地の上方に埋葬されたが、後に荒廃をおそれ小曾根家墓地に移された。自決の理由は今も謎が多い。俺が居《お》ったら殺しはせんじゃったのに、と龍馬が呻くように悔しがるのをお龍は聞いている。墓碑作成も龍馬の計らいである（写真４）。「梅花書屋氏墓」の文字の筆者は、龍馬、高杉晋作、小曾根乾堂のいずれかであろうと伝えられている。小曾根乾堂は長崎の貿易商人で勝海舟の交友がよく知られ、日清修好条約に尽くした人物でもある。

長次郎は龍馬から「術数有り余って至誠足らず、上杉氏（長次郎の亀山社中における変名は上杉宋次郎）の身を亡ぼす所以なり」と評された。龍馬は一方で彼の亀山社中における航海術の知識や蘭語、英語も話せる才気を期待し、饅頭屋と呼んでかわいがった。高知市水道町三丁目横町餅菓子屋の倅の長次郎の生家と龍馬の家は近所で、河田小龍の塾も共にした幼馴染でもあった。長次郎は三歳年下、ついでに述べると岩崎弥太郎は四歳上になり、長次郎は当時江戸の安積良斎塾から一時帰郷して神田に流寓していた弥太郎に就いたことがある。Cさんは曾祖母からは、龍馬はえらいガキ大将だった、と聞かされていた。

長次郎は亀山社中でもずば抜けた俊才でもあるが孤高の人である。写真のように土佐の志士の特徴ともいうべき長刀をさし、右手には短銃をにぎりしめ、眼は厳しく険しい。社中仲間からの嫉みは深く、龍馬はこれを日頃から憂慮もしていた。

写真４　墓碑

慶応元年五月長崎で龍馬一同は亀山社中を設立、同時に薩長の和解を検討する。その解決策として出てきたプランが亀山社中の斡旋で長州のために、薩摩名義を借りて外国製の武器、艦船を長崎のイギリス商人、トーマス・グラバーから購入するというものである。「これが成功せにゃあ薩長同盟はまっこと、ままならんぜよ、これに命をかけてくれや」と龍馬は饅頭屋に重要な使命を与えた。ユニオン号を長州のために購入することである。七月に長州藩から井上聞多（馨）、伊藤俊輔（博文）が長崎で社中と接触、伊藤はゲベール銃三千丁、ミニエー銃四三〇〇丁を八月、薩摩藩船に乗せて持ち帰る。そして長次郎と井上は一〇月に長次郎の並々ならぬ努力で軍艦ユニオン号を購入する。饅頭屋は商才もあった。火砲付きで三〇〇トンのユニオン号を三万九千両で購入した。

軍艦は長崎から薩摩に、そして長州にと回航された。下関には一一月上旬に到着した。その時の木戸宛の書簡が長崎の龍馬記念館に展示されたことがあり、友人からそのコピーを入手した。

「先達より御頼みの蒸気船乗り組み、手中一同今暁馬関（下関）着任候間、左様ご安心くださるべく候、右之事件に付いては、至急に貴君か井上氏に拝面、万万申し上げたき事、数数御座候へば、なにとぞ聞多氏を馬関へ御返しの御指揮、呉呉も頼み上げ奉り候、いずれ遠からず御拝顔、万万御意を得るべく候即刻

小五郎殿　栄次朗（長次郎の変名）」

「即刻」「至急」の言葉が繰り返され、回転への熱気の昇る書簡である。この時の会談がユニオン号改め「桜島丸」条約となり、一時は騒動となるが触れない。

電話、電信、ＩＴのない時代に、「即刻」の精神で送信、着信、無事に終了まで、わずか五ヵ月足らずでまことに電撃の速さである。

龍馬の策略に饅頭屋の才智は見事に応えた。しかし長次郎はほぼ一人で奔走し、その礼金でイギリス留学を企てたとして社中仲間に発覚、慶応二年正月一四日、介錯もなく割腹した。小曾根家別邸の庭の白砂を朱に染めながら「龍馬さん、あとはたのんだぜよ」。当時、龍馬は凍てつく京都を奔走していて不在であった。「梅花書屋」に出入り出来たのは小曾根家使用人、山田善次郎。この少年が彼の最期を見とどけた。

同じ慶応二年一月二一日、饅頭屋の死の三日前に薩長同盟がなるのは知らずに逝った。亀山社中設立後

わずか半年のことである。その龍馬当人は翌年一一月一五日暗殺される。

長次郎は英国留学のために一旦はグラバーの船、ジャクソン号に乗り込むものの時化模様のために出帆が延期になりグラバー館に帰った。そしてグラバー館のベッドでピストルを傍らに投げ出し、成功の甘き香に酔うていた。二、三日後には風も変わり出帆できる。商人の俺が伊藤や井上と同じようにエゲレスに行けるんじゃ、その夢のような話が現実となる陶酔に酔いながら仮眠をとっていた。その時どんどんと戸が荒々しく叩かれた。「ここにおったがか」社中の高松に捕えられた。風向きの変わりは彼の運命の変わりでもあった。

近藤長次郎が使用していた「むろ蓋」（個人蔵）

もしも、その日の風向きが順風ならばと仮定をおいてみると……。

ここまで書いてきて急に筆に力が入らなくなった。少なくとも大河ドラマの視聴者としては歴史的事実はゴミ箱に消去したほうがいい。その方がはるかに面白く楽しめる。そのことに私の頭も方向転換して稿を終える。

資料提供にこころよく、ご尽力、ご指導を賜った千頭輝雄氏に深謝いたします。

付記　最後に掲げた「室蓋《むろ》」は長次郎が家事手伝いのために八歳頃から売り歩いていた餅菓子を入れた饅頭箱である。書物好きで二宮金次郎ばりに読書しながらの商売だった由。高知に現存する数少ない遺品である。

（二〇一〇年）

引用文献

吉村淑甫『近藤長次郎』宮帯出版社、二〇一〇年
織田　毅『海援隊秘記』戎光祥出版、二〇一〇年
高知県立坂本龍馬記念館『龍馬書簡集』

饅頭屋の切腹その後

先週の新聞（二〇一〇年一〇月一二日）で函館の龍馬像除幕式の記事を読んだ。数週間前には東京での龍馬像完成の放映をテレビで観た。今年だけで幾つの龍馬像が建立されたのだろうか。翻って岩崎弥太郎のそれはきかない。弥太郎の像は、私の知る限りは高知の安芸市（写真1）と長崎市高島町くらいだ。今週でいよいよ大河ドラマ「龍馬伝」が終わるそうである。

写真１

私は龍馬と弥太郎のことを、饅頭屋の切腹もその後も含めて書いてみたくなった。今年、私は今なお、全国に龍馬ファンが、それも熱狂的な信奉者の存在を知った。今年も新たに龍馬の江戸到着時での最古の書簡等を含めて少なくない資料が発見され、上記の書簡を含めて龍馬の誠実さが偲ばれるものが多い。また今年の高知は県の内外共に賑わった。龍馬脱藩ルートが整備され、例年以上に観光客のファンで賑

図1　脱藩ルート（高知新聞より）

写真2　岩崎弥太郎
（高知新聞特集記事より）

わっている（図1）。四国山脈は今年は驚いただろう。戦後、私がガキの時分にチャンバラで仲間と「きんのう、さばく」の言葉を叫び四国山脈の山奥を走り回っていた頃には、既に「こんどーいさむ」とともに「さかもとりゅうま」の名前は知っていた。

「りょうま」の正式呼称を天下に知らしめ、単なる勤王の志士から、薩長同盟の立役者、幕末の改革者に格上げしたのが司馬遼太郎である。全国の龍馬ファンに後押しされ、大作『竜馬がゆく』が完成したとき、今日の司馬遼太郎も完成した、とは長年の司馬氏専任の編集者の言である。

さて饅頭屋、近藤長次郎の切腹その後を少し述べる。幕府との開戦が迫る中、ゲベール銃三〇〇〇挺、ミニエー銃四三〇〇挺、軍艦一隻の長州藩購入に尽力した饅頭屋への長州藩の感謝は深くまた、取引を離れて親しくなっていただろう。伊藤から木戸宛の書簡で「上杉殿（近藤長次郎変名）おろそかにはござあるまじく候、金ならば百金也二百金くらいは賜り候うてもよろしき……」とある。またグラバーの回想によれば、海外留学ならびにその費用は薩摩の小松帯刀の申し入れによるもの、となっている。いずれ金銭の授受はあった。

ところが亀山社中規則に「およそ事大小となく社中に相談して之をおこなうべく、もし一己の利益のためこの盟約に背くものあらば割腹してその罪を謝すべし」とあり、最近発表された薩摩藩士、野村盛秀（維新後は長崎県令）の日記引用論文によれば、沢村惣之丞、高松太郎（龍馬の甥にあたる）ら社中一同が「正月二三日の午前二時、上杉宋次郎、同盟不承知の儀これあり自殺いたさせ候……」とある。龍馬が寺田屋で襲撃されたのも同じ二三日である。

金銭、留学、盟約違反のほか「桜島条約」についても社中の不満が多かった。しかし、龍馬の「俺がおったら殺しはせんじゃった」との呻きをお龍は聞いている。社中には日本社会組織特有の陰湿ないじめ、が存在したのではないかという見方もある。その死は謎も多い。切腹を迫ったのは沢村という説もある。真意は無論、不明である。

しかし、その沢村も海援隊による長崎奉行所占拠の際の全く突発的な事件でその責任をとり、慶応四年一月に海援隊本部で切腹して果てることになる。享年は二六歳。龍馬の死後、二ヵ月のことである。維新は数百人以上の土佐人の血で開けられた、とは司馬遼太郎の回想である。

龍馬の側近三羽ガラスは沢村惣之丞、近藤長次郎、陸奥宗光である。沢村は文久二（一八六二）年三月、龍馬と共に上記のルートを脱藩した人物である。沢村は英語、数学に優れ、とにかく学者だったとは故人となった高知県郷土史家、平尾道雄の言、沢村は薩摩藩で幾多の講義もしている。

陸奥宗光―陸奥陽之助、カミソリ陸奥は数少ない社中の生き残り組で、教科書にも登場するので筆を擱《お》く。

さて弥太郎に少し筆を延ばす。関義臣男爵の「海援隊の回顧」に、海援隊は維新の風雲に関係のある団

写真3　三菱マーク
左から山内家、岩崎家 家紋

体であり、隊長の坂本を始め隊員は近藤長次郎（変名は上杉宋次郎）、中島作太郎、陸奥陽之助、岩崎弥太郎……と出てくる。弥太郎は海援隊ではない。この時から既に歴史の誤謬もみられて面白くはある。

二人の記録に残る出会いは、慶応三年三月頃に弥太郎が長崎土佐藩長崎商会に赴任して樟脳、和紙の販売と同時に軍艦、武器の買付けに赴任した頃であろう。龍馬との交流は四月から九月までの半年も満たないものである。ただドラマと異なり、二人は意気投合して酒を酌み交わし、龍馬との最後の別れには餞別五〇両を渡している。龍馬の死後に亀山社中の事後経理処理に弥太郎は奔走している。

弥太郎は五一歳で病死する。その生涯は浮沈の多いものであった。国賊と非難されてもいるが、彼の娘婿から二人の首相がでている。また、弥太郎存命中はそうではないが、死後に二つの家は華族に列せられ、弥太郎の長男久弥は男爵を授けられた。彼の死亡当時は六人いたという妾の子供を含めて、一族にはエリザベス・サンダースホームの沢田美紀さん、小岩井農政親会社社長の岩崎寛弥など政財界、学者に著名人が多い。

岩崎弥太郎の名は知らなくとも三菱のマークを見たことのない方はまれかと思われる。明治六年に三菱商会を土佐九十九商会から分離設立する。この時に岩崎家紋の重ね三階菱と山之内家の三つ葉柏をあわせて今のマークをつくった（写真3）。郷士あがりで土佐藩では投獄もされたことがある弥太郎の気持ちを思う。

上野の岩崎邸庭園の庭で、ガイドが「あの菱の木をご覧下さいませ。菱は地下深く、根を張りめぐらします。岩崎弥太郎はみんながともに手をつないで……」菱の根であったわけか。私は静かな春雨の岩崎邸の巨木を、彼の生家と合わせて（写真4、5）慌ただしくなりつつある初冬の大曲で思い起こしている。

（二〇一〇年）

写真４　岩崎邸庭園

写真５　弥太郎生家

岩崎庭園の菱の木と池田家の灯籠

大河ドラマ「龍馬伝」

この一一月上旬に学会に出る機会を利用して高知高専時代の友人数名と銀座で歓談した。この夏にオープンしたばかりの高知県アンテナショップ「まるごと高知」の座卓に陣取り、梁瀬《やなせ》杉の床の薫りにぬくもりを感じながら「秋田の酒はじっくりかもしれんが、高知県人の酒はピッチがまっこと速いけにのう」忠告の後に、二時間足らずで郷土の酒を十数種、杯を干した。二年前の有楽町での同窓会で同時間内に一人で二升は軽いことを実証したメンバーである。献杯の交流がなくて私は心底、安堵した。

梁瀬の杉は秋田杉と共に日本三大杉であり、梁瀬はまたアンパンマンの古里、今はこちらがむしろ有名である。夏冬の長期休暇には全国から幼児を伴った家族連れが押し寄せている。生みの親のやなせたかしさんは名実共に老人力を発揮して一〇〇歳も元気に超えられるのじゃないか。

一一月一五日は坂本龍馬ファンにとり忘れられない日である。一四三年前のその日の夜、京都伏見で坂本龍馬、中岡慎太郎は歓談をしていた。風邪気味の龍馬はシャモ鍋を楽しむ予定であったが、残念にも寸前に襲撃を受け、絶命した。私はカツオの塩たたきを食し酒を飲みながら、ふと龍馬の無念を思った。

今年の正月からの高知は日曜夜の大河ドラマ「龍馬伝」様々である。この店も繁盛しているし、この夏の全国自治法六〇周年記念で発売した記念銀貨では高知は勿論、龍馬を登場させ発売時すでに二倍のプレミアがついていた。郷里の弟に電話したら、もう県内には一枚もない。県の観光課の友人に聞けば東京では三千枚ほど残っている。○日と△日に最後の売り出しをする、と教えてくれた。しかし、当夜の友人は、その日は早朝から、この店の前はすごい行列で、もうあきらめて帰りましたきに、と苦笑した。

極上の夜を過ごして帰秋すると、想像以上に暑い思いをした東京とはがらりと変わり、峰には雪、秋田市内の公園は落ち葉の紅海であった。日曜深夜に官舎に帰ると小包が届いていた。差出人に覚えがあった。

翌日に病院で開くと瀟洒な小さい円筒缶に入った栗菓子とともにHさんからの手紙があった。

話を桜の時期に遡る。四月定例の横浜の総会に出かける直前にCさんからメールが入っていた。Cさんは近藤長次郎の末裔である。高知市水道橋生まれ（現在）の長次郎は本丁筋一丁目に家があった龍馬とはガキ仲間でもあり、幕末には行動を共にして薩長同盟には重要な任務を果たすものの、最後は長崎で不遇の切腹を遂げた。Cさんは、この三月に機会があり、上野近郊の岩崎庭園をこの龍馬伝ブームにあやかって訪れた。すごい人出であり「黒川さんも折りがあればどうですか」と案内図も添付されていた。

もう四〇年前になるだろうか。高知から秋田までの行き帰りで、上野に郷土先人の名を冠した庭園があるのは知っていたが、そのうちに、そのうちに、と足を向けることもなく、もうえらく長い歳月が流れたことになる。そのうちに、という時間も残り少なくなった。

四月、総会初日の朝、上野のホテルから不忍池に向かった。春雨に濡れた庭園の緑は美しかった。数十人の入館者に混じって、ボランティアだという中年の女性ガイドの説明をききながら小一時間で岩崎邸内

写真１　岩崎庭園

写真２　岩崎庭園の菱の木

を回った（写真1）。館内の至る所に金箔の壁紙がもう年期を重ねて鈍く輝いて、ああ流石に重厚な明治の光だと、私は思っていたから素人はおそろしい。その理由は文末で記す。

ひとしきり邸内を歩いて最後に、そこだけは書院造りの床の間で、別の団体のボランティアガイドが背後の一面に広がる障壁図の説明をしていた。中年のご婦人で歯切れのいい江戸っ子口調の口吻、がいい。私たちのガイドがぼそぼそと聞き取りにくかった反動もあってか好感をもった。

春雨の庭

春らしい雨がかなりの雫の音をたてながら芝生に滴らせている巨木に視線を投げて「皆様、あれは菱の木でございます（写真2）。菱は地中に深く広く根をはります。三菱の創業者の弥太郎は、この菱を、一同互いにしっかりと手をつないで、という訓戒を込めて……」と飽きのこない語りである。

私は後続の組に時折、紛れて聞き入っていた。我々の組も後続の彼女のガイドも勝手口のような出口に近付いたところで終えた。

私は縁側に佇んで静かな春の雨音に聴き入り庭を見つめていた。私はなにか物足らない、いや物欲しそうな表情をしていたのだろう。人影がまばらになって誰も居なくなり私もそろそろ帰ろうという時である。彼女が笑みを浮かべて近づいて「どうでしたか」と問うた。私の面倒な質問にいちいち答えてくれ庭や邸宅の一角を見ながら補足をしてくれた。「なにか、岩崎家にゆかりのある方なのですか。あらそういうことでご来館されたので、ひょっとしたら、もしかしてその方は」と言葉をきり、手提げバッグの中からA3程の大きさの厚くふくらんだ茶封筒を取り出した。

Cさんの事務所の事務封筒であり、見慣れた懐かしき角張った文字が黒々と表に踊っていた。Cさん、Hさんと私の三点はそこで繋がった。歳をとったせいか、偶然というものを御縁に感じることが多くなった。どうも還暦を越してからは、それが老化の証拠だろうか、神様とかあの世もあるような気がするこの頃で、これは私の告白でもある。

縁側に腰を下ろして彼女Hさんと半時ほど、龍馬、近藤長次郎、岩崎弥太郎や岩崎久弥の話を交わした。関東大震災の時には岩崎家はこの庭、当時はもっと二倍以上広かったのですが、ここを被災にあった都民に開放して炊き出しなんかもやられたのです。

岩崎弥太郎の嫡子、岩崎家の三代当主岩崎久弥さん（写真3）の功績を直接に話し言葉で聞きいった。父と違い久弥さんは「奥様一筋」であった。その父は妾だけでも六人、その他芸妓、芸者も多数抱えていて、よく打擲《ちょうちゃく》して泣かせていたらしい。このことだけでも弥太郎は巷間には評判はよくない。龍馬の銅

写真3　岩崎久弥
（三菱記念館資料）

像は国内にあまたあれども、出身地の高知県でも安芸市を含めて二カ所のみである。

　昼をとうに過ぎた頃、岩崎邸を去り雨の中を横浜に向かった。

　岩崎邸は膨大な歴史の累積の筈であり、私には刺激的な場所であるはずなのに、あまりそのことからくる重い歴史は背負わされることもなく、むしろ久弥さんの人物像にふれ、また江東区の人たちと岩崎家に温かい交流があったことに少なからず満足を覚えた。弥太郎は五一歳の若さで病死する。三菱の創始者は当時、国賊とも呼ばれ、その生涯は激烈なものであった。弥太郎の娘婿から二人も首相がでているが、他の財閥にこんな例はなく、明治政府と三菱の密接さを、彼が政商であったことを伺わせる。

　五月の連休明けにＨさんからの葉書が届いた。この連休は一日の入館者が八千人を超す時もあった由で岩崎家、高知県民、大河ドラマの関係者が喜ぶ話が記されていた。

　龍馬の恩恵は深い。弥太郎の恩恵も劣らぬ深さである筈だが、可哀相なくらいに龍馬と比して知名度は低く、高知県民でも三菱を知らぬ人はないが、彼がその創始者であることを存じない人は少なくない。ＮＨＫの「龍馬伝」はこと岩崎弥太郎と龍馬の関係については全くの虚構を、少なくとも史実の証明のないことを全国に放映している。私は苦々しく横目の視聴者である。弥太郎と龍馬の出会いは慶応三年の長崎、四月が最初で、その交流も同年九月に終わる半年にみたないものである。しかし二人はかなり意気投合して別れの時は龍馬には多額の餞別を贈っている。弥太郎は慶応三年亀山社中が海援隊として土佐藩の外郭機関になった際に隊の経理を担当した。明治六年に大阪の土佐藩の商会である九十九商会をもとに三菱商会を設立した。この時に山之内家の三つ葉柏紋と岩崎家の家紋の菱を併せて三菱のマークをつくった（八二ページ参照）。

その系譜

話は私が秋田県大曲市、現在の大仙市の病院に赴任した頃の四半世紀前に遡る。私は当時、早朝の人間ドックを担当していた。その際に被験者のある老女の診察をする機会があった。年齢はもう七〇を過ぎていた方でやせぎす、少し面長の女性である。短い数分の問診の受け答えやその挙動になにか気品がただよい、威厳といったらやや過ぎる、凛とした、と表現してもあたらない、そんな雰囲気に私は押された。

そして、それまでの診療では全く持ったことのない疑問が、一体この方は何者であろうかという問いが内に湧いてくるのを押さえられなかった。彼女は大曲のお生まれで東京あたりで高等教育を受けられた、と仮定しても、東京山の手あたりの高貴な家柄の女性が来秋したと仮定してみても、今ひとつ点と線は繋がらない。診療とは無関係の質問も出来ず、疑問をのこしたままに超音波その他の検査を型どおりにすまして診察を終えた。そのまま、毎年同じ時間がやってきては過ぎ、疑問も同じように生まれたが、だんだん薄れて一〇年ほど経っただろうか。いつしか老女は私の視界から遠くに消えた。

それから数年が経過したある日の新聞記事である。何気なく医局の秋田魁をめくるなり、その紙面に眠

写真４

気顔が張り付いた。私は一ページ全面の特集記事でその女性を紙面の一角にみた。女性の背後には白い大きな二階建ての洋館（写真４）がそびえていた。特集記事は山形の本間家にならぶ秋田は池田家のものであった。

「もう、戦後の農地改革で土地もほとんど手放しましたし、家も当時の面影はありませんが、この図書館もほとんど修理がままなりませんものの、わずかにそれをとどめています。当時の私達は大曲の駅から自宅まで帰るのに他人の土地を通らずに帰りました」

洋館もウサギ小屋の私からみると一生住めぬ豪邸の趣で聳えていた。

女性が池田家の当主のご母堂らしきことはわかったが、しかし、やはり女性の出自については不明であった。

それからさらに一〇年近くが流れた。

神様の書いた脚本

私はある時に七〇歳代の肺ガンの男性の主治医となった。左の腕を若いときの事故で肩から切断して苦労人であった。しかし明るくて、また非常に話し好きの人でもあった。

「んだ、もう大分前になるべえか、天皇陛下の秋田行幸の時にな、県から接待を頼まれて池田の殿様が、それではと田沢湖の黒湯に別荘を造ったのよ。おれは黒湯の補修にも行ったことがあるだが、総檜造りの家だ。天井の芯柱は一本の檜でこれは国内でも滅多にないという見事なもんだったべ。今は温泉宿もやってるから先生も行って見てくるといいべしよ」

私は学生時代に田沢湖高原をドライブしていて、偶然に黒湯でその世界に入り込んだことがあった。突然に暗く広大な奥羽山脈の森が切り開かれ、空が広くなり、光が一斉に射し込み、道路は平地に開け放たれた。そこには、その家の前庭の一面に白い砂利が敷かれ、京都の山荘かとおもえる邸宅があった。

「ああ、池田家の庭園の工事もやった。図書館は本も多いが証文もかなりあった。だがもう雨に濡れたりで反古になってただなあ」

私はその時に明治や農地改革が急に近くに感じられた。

「あそこの奥方様はよ、女学校に上がるまで庭の縁から庭先に下りたことがねえんだよ」

「縁側から下りたことがない？」

私は説明を求めた。東は奥羽山脈の麓まで、西はもう秋田市近郊までの東西南北の広大なほとんどが池田家の土地であった。女学校は東京であった。「ああ、池田の婆様か」。そのとき急に居ずまいを正して重々しく、「三菱家のご令嬢で池田家に輿入れしてきたのだ」、彼は続いてその婚礼、お輿入れの豪華絢爛ぶりをとうとうと喋り始めたが、もう私はうわの空で、その瞬間に窓が開け放たれて遠くまで見通せた。私は生まれついての奥方様と対面していたのかという確認に加えて、郷土の南の血筋がこの北国まで到達しているという、深い感慨が心の奥から打ち寄せていた。彼は二年程で亡くなった。最後の退院の時、「家に遊びに来てくれなあ」と少し呼吸の苦しさをこらえながら言った。彼の話にはかなりの虚構があったことを後で知った。

場面を再び初冬午後の診察室に返す。製造は長野だが瀟洒な江戸趣味の容器に入った栗菓子に見入り、Hさんの手紙を読んだ。

「一一月八日に大仙市の池田氏庭園内の洋館内装壁紙、金唐皮紙完成式典出席のために上田先生―岩崎邸金唐紙を復元した日本の第一人者と訪れました。

池田家一六代当主の池田泰久様、大仙市教育委員会の方々のお出迎えを受け……」とあった。

岩崎家庭園のガイドのHさんが池田家の庭園に置かれた日本一の巨大石灯籠（写真5）を眺めている光景を想像する。そこは三菱家血縁の息女が数十年手入れした庭園であることをHさんは知るまい。私は岩崎邸金箔壁紙のことに気づかされ内心赤くなった。

春にまかれた種が、晩秋にようやくこういう形で実をならしたかと思い栗菓子を噛みしめた。今年はやはり、弥太郎の年であったのかなあ。

（二〇一〇年一二月）

写真5　日本一の石灯籠

エピローグ

昨年末に上のように書き投稿した。年が明けて心臓が凍るような事実を池田家ゆかりの方から知らされた。その奥方様は岩崎家とは関係ない。東京のお生まれは確かだが、父君は銀行関係の方で外国航路の船会社に出向していたらしい、とのことであった。弥太郎は海運業も運営していたので、そんな誤話が作られたのか。いずれ、聞いて私は仰天した。すると黒湯温泉の話も嘘か。いやいや、それはホントで明治天皇が初めて東北行幸された時に、当時の池田家当主が乳頭郷黒湯温泉に新設されて、陛下は数日そこにご滞在されたらしい。その別荘―離れは茅葺屋根の民家風に建築された。古くなったので大分前に取り壊された。

私は葉書と電話で岩崎庭園のHさんにすぐにお詫びを入れた。傷心の私を慰めてくれたHさんは、二代目の久弥がとても好きだった木が二種類ある。ヒマラヤ杉と木斛《もっこく》の木である。故人となられたが、ある政治家は「木斛は周りのどんな木とも調和していて、それでいてこの木一本で十分、という存在感がある」と評した。

この木は久弥様の性格を表しているではありませんか。ああ、そうそう、久弥さんの長男、彦弥太のお嫁さんは秋田佐竹藩からお輿入れしてるんですよ、とも教えてくれた。土佐山之内家と佐竹家の婚姻は江戸時代に頻繁にある。しかしながら二六〇余の大名の中でも名門中の名門の佐竹家から極貧の地侍で、かつ山内家より入牢させられたことのある弥太郎の岩崎家への輿入れとはなあ。

私は明治の時代にまた一歩近づいた。Hさんは続けた。

木斛に興味のある方はその逸話とともにお帰りの際はひっそりと「重ね三階菱」の家紋が一つのみ彫られているのも是非見てください。ここまで聞いて、「重ね三階菱」は岩崎家の家紋であることを思い出した。真の「三菱家の象徴の木」は木斛の木ではなかったのか。私は木斛を見習う前に木鶏《もっけい》になろう。とまれ、「龍馬伝」は高知県の観光に五五〇億円の経済効果をもたらした由。もう春の日の光だ。

土佐流人考 ―流れ着く遺伝子―

七月のある朝、勤務先の医局でまもなく九〇歳を迎えられるが、「いまだにかくしゃく」という言葉が似あうS先生が不意に話しかけてきた。

先生は毎朝、自家用車スバルのインプレッサのハンドルを握り、定刻に病院にこられて定刻に帰宅される。大館市立病院の勤務医として長年務められたのちに、昭和四四年に開業し、平成二九年三月に閉業するまで小児科医、内科医、漢方医として四八年間にわたり地域医療に多大な貢献をされ、その後は西大館病院に勤務されている。平成九年には瑞宝双光章を叙勲された偉人である。

さてS先生は「高知はえらい人が出ておるぞい。わしは漢方医学を勉強しているが漢方をやるものでこの人物を知らぬものはおらぬぞ」とウィキペディアのものらしいコピーと写真を私に渡された。その資料の大塚敬節という名は土佐の出身の筆者に初耳だったものの、その顔貌はまぎれもなく、高知のおんちゃんでたまらなく懐かしかった。

大体に土佐の偉人というのは牧野富太郎や坂本龍馬、吉田茂など親近感のある容貌が多い。威厳とは程遠いのである。

こんな体験は医学生時代にも秋田大学の国文学の教授――いまも魁新聞などでその先生の講演会なんか

はよく見かけて懐かしい――その先生の自宅でお茶を頂いているときに「土佐には国文学の研究者としてはえらい人が出ているんだよ。今は高齢になられたが国文学界で知らぬものはおらん」と言ってくれたが、その名前は忘れた。

さて「高知には偉い人が出ておりますのう」に、私は「秋田にも偉い人がいるじゃないですか。ここ大館市出身の安藤昌益なんか世界的思想家だし、東北には宮沢賢治など世界的な童話作家もいます。野球だと落合博光とか岩手県では二刀流で世界的な大谷翔平なんかもすごいですよ」と返した。

先生は「偉い人が出ているが、一方、昔から土佐には皇族や僧侶などの流人も多い。わしは農学校出身なので遺伝と関係するのじゃないかと思うがどうかのう?」これが筆者を刺激し起動させた。それが、本稿の目論見である。

偉いとは何をもって定義するか、土佐には本当に偉い人がでているか、から入る。

高知の偉人考

土佐の高知の有名人となると思い浮かぶのがＮＨＫ連続朝ドラ（二〇二三年）で評判の植物学者で第一回文化功労者の牧野富太郎。彼は筆者の郷里の隣町の出身である。そして有名という意味なら筆頭株の坂本龍馬や中岡慎太郎、「春雨じゃ濡れてまいろうぞ」のセリフで有名な月形半平太のモデルといわれる土佐勤皇党の武市端山（半平太）が続く。俳優の広末涼子、プロ野球解説者でおなじみの藤川球児、故人となったが漫画家のはらたいら、アンパンマンのやなせたかし、作家の大原富枝や宮尾登美子、三菱の創始者岩崎弥太郎、男爵イモの導入に成功した川田良吉、明治大正時代に活躍した世界的総合商社の草分けの鈴木商店番頭の金子直吉（彼は筆者の郷里の近隣の村の出身）がいる。なんといっても明治に活躍した人材は多い。

近代日本の大衆新聞の先駆けでジャーナリストの黒岩涙香、自由民権運動の板垣退助、大逆事件で不幸な死を遂げた幸徳秋水、東洋のルソーと呼ばれた中江兆民、物理学者で文学者の寺田寅彦、精神医学では知らぬものはないだろう森田療法の森田正馬。大正、昭和時代になると自由党総裁として戦後の日本政治で活躍し初の国民葬となった吉田茂。内閣総理大臣で狙撃され死んだ「男子の本懐」の浜口雄幸。蔦温泉に行くといつも思い出すのが大町桂月。

偉人かどうかは別として高知ゆかりの企業としては高知出身のカシオさん兄弟の「時計のカシオ」、公文教室の公文、私の小学校の同級生がダイエーからソフトバンク時代

牧野富太郎　1934年牧野植物学全集より

牧野富太郎　1953年の91歳の時　東京都名誉都民となる

金子直吉　丁稚から身を起こし鈴木商店の大番頭となり明治から大正時代の財界のナポレオンと言われた

を含めて活躍したDaiei―その創業者の中内㓛さん。彼の祖父は高知県出身でDaieiのエイは祖父の名前から採った。ついでに書くと中内さん自身も鈴木商店とも関係があった。

土佐流人の源流

土佐流人は膨大なのでこの稿ではあまり触れない。流人の本質と冤罪や一部の人々のみに触れてみたい。記録に残らない、抹殺された人々や、あるいは権力側にとって記録するには値しない人々がいた。安藤昌益などはその筆頭ではないか、そんな妄想を書く。

日本書紀の記述から幕末まで記録に残る千年余の土佐の流人と冤罪、歴史を俯瞰してみた。土佐と隠岐への流罪はおのおの三千人とする説がある。やや多いと思えるが記録されなかった人々を考えると虚妄とも言えまい。日本書紀から土佐藩政期まで確実に文書に残る流罪、流配人はゆうに六〇名を越えている。

配罪とされた人々の落とした一粒の麦が、近代日本の思想や文化に突如開花したことについて書いてみたい。

「現在に生きている我々は過去をふまえずに未来に出発することは出来ない」とは勿論、私の言ではない。

桑原武夫先生の言葉である。一九三二（昭和七）年に発刊された桑原武夫氏編集による『日本の名著』（中央新書）は明治以後の百年間の国民的名著として福沢諭吉から丸山真男までの五〇人の著書を挙げている。その中に中江兆民、幸徳秋水など土佐出身の著書が三冊とりあげられている。また岩波書店の『日本史年表』は政治、経済の五〇項目の中で七項目は土佐に関わる事項を挙げている。

高知県の人口、半世紀前は九〇万人にとどかず、現在は減少の一途で六〇万人台になっていることを考慮すれば、有体に云って「偉い人」の割合は多いと言えるだろう。

さて本稿の目的に戻る。

冒頭に紹介したS先生は九〇歳近い高齢ながら毎朝毎晩、驚嘆するほど精力的に働かれ、尊敬している勉強家で小児科医兼漢方医である。S先生は農家のお生まれで、当初は農学校に進まれたが途中で進路変更して弘前の高校を経て東北大学医学部に入学された。卒業後は小児科医をへて現在に至っておられる。私も高知高専電気科から進路変更して秋田大学医学部に入学し、卒業後は土佐に帰郷することなく、会津若松市の竹田綜合病院外科研修医や郡山市の南東北脳神経外科病院の放射線科と麻酔科科長兼務の時代をへて、今もなお、東北の秋田の地にとどまっている。ここのところが肝心で進路変更が唯一の鎖となり、S先生とは有り難くも言葉を交わすことを許された。S先生から「土佐からはえらい人がでていますのう」の言を頂いた。そうかもしれない。

簡便にネットで偉人の項目を秋田県も含めて他県も閲覧してみた。土佐の高知には偉人かどうかは別としても目立つ人物が多いようである。

偶然にインターネットで高知県の有名人といえば島崎和歌子ですか？　坂本龍馬ですか？　というのがあり、アンサーは藤川球児となっていた。そんなことからこれを書いている。

現代は「偉い人とは有名な人」と見つけたり!!、とつくづく感じる。

郷土高知の有名人をざっと挙げよう。

吉田類―酒場詩人としてテレビでおなじみ、毎週毎晩飲んでいる。演歌歌手の三山ひろしとかタレントのソニンや高知東生、漫才の西川きよし、間寛平、相撲の元大関、四代目朝潮太郎。高知出身ではないが明徳義塾中学高校卒業生関連は多くて、ゴルフの横峯さくらや相撲の朝青龍がいる。

夏目漱石の作品でおなじみの寺田寅彦は、生まれは東京であるが両親は高知の士族で旧制高校までを高知で過ごしている。今も彼の過ごした家は存在している。小説家随筆家も意外と多くて奥入瀬渓流に縁の深い大町桂月、「なめたらいかんぜよ」のセリフで有名になった『鬼龍院花子の生涯』の宮尾登美子、『婉という女』の大原富江のほか、上林暁、倉橋由美子、畠中恵、安岡章太郎、東京生まれだが高知には縁の深い田宮虎彦や三浦朱門。漫画家は多くて毎年高知で「マンガ甲子園」が開催されている。山内一豊はその妻が有名で高知城には高知市婦人会の建立した彼女の銅像がある。

純真お馬の恋も「土佐の高知のはりまや橋で」で有名。

勿論、元内閣総理大臣の浜口雄幸や自由民権運動の中江兆民、植木枝盛、幸徳秋水、維新時代に活躍したジョン万次郎。鎌倉室町時代の禅僧の義堂周信や絶海中津。戦後に田内千鶴子（大韓民国文化賞受賞の木蒲園園長）のように業績のある「偉い人」はいる。しかし有名かは別である。知らない人は多いだろう。

勿論、一般の通念では偉人といわれて歴史に名を遺す人々は東京や名古屋、京都など人口が多くかつ歴史のある地域に多く輩出していることに読者も異存はなかろう。あくまで人口比に対しての「偉い人」として解釈して土佐の高知には「偉い人」が多いかなと思う。

その原因として高知に偉人の多いのは流人の多いせいではないかと、かのS先生は宣った。「土佐には高貴な人々の流人、流配が多いのでそれが今日の偉い人たちの輩出に繋がっておるのじゃあないかのう。わしは農学校で遺伝学を勉強していたのでな」と日長を気にしないゆったりとした口調で語りかけた。ここでいう流人《るにん》とは通常の罪人、放火、強盗、殺人、強姦、詐欺、暴動犯の類ではなくて、土佐に流罪・配流となった奈良・平安朝の皇族や僧侶のことを指している。

罪と罰

『日本書紀』によると土佐への流罪は天武五（西暦六七六）年の屋垣王《やがきのおうきみ》から始まって以後、鎌倉時代の鳥羽上皇の第一皇子の土御門上皇から明治期まで続いている。その間には徳川幕府によるお家騒動に伴う流罪（土佐に流された代表的な人物は伊達騒動の伊達兵部など）、キリスト教信者弾圧、土佐藩内部騒動の野中兼山（土佐南学の振興、新田開発など土佐藩奉行としての中興の祖）、慶応四年に起こったフランス軍の水兵殺害の堺事件などの国際事件もあるが紙幅があり、割愛する。

さて上に述べたが、『日本書紀』に記された土佐配流の創始は筑紫太宰の三位である屋垣王《やがきのおうきみ》を罪あり土佐に流す、とある。屋垣王の罪状は詳細不明。ところで六七二年の天武元年六月は壬申の乱である。この後の政治的抗争は歴史学に譲るが、いずれ屋垣王は反逆の類縁・縁座と類推されている。彼に限らずこの時期の流罪には、その罪状の理由については明瞭でないのが多い。もともとこの時代は日本の草莽の時代でまともな裁判ではないと言ったほうがよかろう。律令が制定されたのは後のことである。

少し説明をいれよう。天智一〇（六七一）年に大友の皇子が太政大臣に就任した。左大臣は蘇我赤兄、右大臣は中臣金連である。

この翌年が天武元年であり、下って天武五（六七六）年に屋垣王の土佐への流罪となっている。

繰り返すが天武元（六七二）年六月二四日に壬申の乱がおき、七月二三日に大友の皇子は自殺する。ここに大海人皇子が即位し、事後処理としての反乱軍への死罪、流罪が発令されるのである。

ここでは親類の縁座も多く見られ、皇族で三位の親王である屋垣王流罪はそのためだろうと推察されている。

冤罪の宝庫

時代は下り、大宝律令は大宝元（七〇一）年に制定されている。律令制時代の遠流の地は伊豆、安房、常陸、佐渡、隠岐、土佐である。土佐までは一二二五里、道程は一八日である。一八日を要したことから紀貫之の『土佐日記』が生まれている。

流人としては意外と思われる優秀な貴族、歌人、後に遣唐使として大陸に渡った人々の配流も少なくない。その数は多いので此処では触れない。

流刑や遠流には奈良・平安・鎌倉のそれと江戸期以後の流刑では、キリスト教徒弾圧も加わり対象が異なる。罪状が明らかではないのは共通しているが……。

鎌倉時代になると流罪の意義が変遷してくる。権力者・支配者に対する対抗手段があらわれてくる。代表的なのが土御門天皇（上皇）である。

後鳥羽天皇の第一皇子である土御門は三歳で即位したが、実際には後鳥羽上皇が院政を敷き承久三（一二二一）年に承久の乱を起こす。当時の政治の中心鎌倉では北條時政による御家人政治が行われていた。

土御門上皇は乱には加担していなかったので処罰はされなかったものの、後鳥羽院が遠流―遠島となったことから、土御門上皇自ら申し出て土佐の国に流され、後に阿波国に移されて一二三一年に出家後に三七歳で崩御している。

土佐中村一條家

遺伝子のことでは中村（現在の四万十市）に根付いた一條家のことが避けられない。

流罪とは別に、土佐にまかれた遺伝子の種として中村市の一條天皇（天皇ではないが地元ではそう表現する向きもある）、一條家のことに触れておく。時は室町時代で、この時期の土佐の人口は六万人と推定されている。

遡ると七世紀には土佐の幡多地方には国造《くにのみやつこ》がおかれていた。土佐の国は律令制が布かれてから制定された。

土佐一條家の基礎を築いた一條教房（一四二三―一四八〇）は当時京の都で才人

写真Ａ　一條神社祭

写真Ｂ　一條神社祭

として名高かった一條兼良の長男で、応仁の乱を機に土佐幡多地方の荘園幡多荘に下向して、安定的な荘園経営と対明貿易の基礎を築いて五八歳で没した。幡多地方の中心であった中村の街並みや京に見立てた地名を命名し、今日でも小京都と呼ばれている。土佐一條家の最後の当主は兼貞で長曾我部元親の謀略の末に一五八二年、四二歳で合戦の末に没した。一條神社は彼の時に創建された（写真A、B、C）。

写真C　中村市、一條神社のお祭り

絢爛たる流罪

次にあげる人物は歴史的に有名な伊達騒動、一六六〇（万治元）年の伊達家お家騒動の発端で主役の伊達兵部、伊達政宗の末子である。

寛文一一年に徳川幕府は陸奥一関三万石の領主、伊達兵部を土佐に流配とした。一方、伊達宗重を切り捨てたのち、大老・酒井清忠の座に入らんとした原田甲斐はもとより、その子息と一族はことごとく死罪となり誅せられた。伊達兵部の土佐までの流罪の詳細は紙幅もあり触れないが、享年五八歳で配所の土佐で病死した。結論から言うとS先生の推論は当たっている。私は頷かざるを得ない。肯定する。

参考文献

安部幸吉『土佐流刑・流され人考』牧歌社、二〇〇七年

安部幸吉『土佐中村三万石廃絶考』土佐一条家、高知新聞出版部
桑原武夫編『日本の名著』中央新書、昭和三七年
平凡社編集部『日本歴史地名体系（巻40）高知県の地名』中村市、平凡社、一九八三年

見知らず柿の思い出

新年から始まった新島八重のＮＨＫ大河ドラマを見ながら、私は会津の日々と二つの朱色を思い出す。一つは秋の会津盆地の見知らず柿の鮮やかな朱、そしてもう一つは……。あれは昭和が終わる頃で、もう三〇年以上前のことだ。

会津武家屋敷内に展示されていた屏風絵を鮮明に憶えている。

その絵には畳に折り重なる十数人の幼児を交えた血染めの男女の死体の中央に、長い日本刀を片手に仁王立ちになった武士がいる。戊辰戦争ではお馴染みの赤熊毛頭の冠物に鉢巻き、筒袖軍装をした官軍将校の彼の前には、跪いて懐剣を突き出している絢爛たる晴れ着を朱に染めた武家娘、そして屏風の隅には小さく数行のあらましが記されていた。私は読み終わり歎息した。

「あのねえ、君はここでは、高知県出身だ、ということは患者さんや一般の人には黙っていたほうがいいよ」。会津に赴任して間もない初夏、医局早朝のカンファランスが終わり、雑談に興じていたとき、その日の新聞に山口県萩市から戊辰戦争一二〇年を記念して会津若松市に友好都市提携の申し入れがなされたが、会津若松市民から「我々はまだその恨みを忘れていない」とのことで拒否されたという記事が出ていた。その話の際に唐突に先輩格のO先生が表情をすこし堅くして突然そう告げた。一瞬の後、Oは少し表情を和らげて「会津落城では、このあたりの武家の子女は幼児も含めて自決したものも多い。その時に生き残ったお婆さんなんかも患者さんの中にはまだかなりいるからね」。

外来診察に腰を上げかけていた私は不意をつかれたようで言葉の返しようがなかった。Oは私がその病院に赴任する契機を開いた医師であり、注意をするなら着任前にして欲しかった、軽い反発を覚えながらも「はあ」と頷いた。外科の十数人の同僚は興味深い笑みを浮かべて私達を眺めていた。Oとそりのあわない私の上司のSが「昔のことだ、関係ないべしよ」と吐き捨てた。外科部長のRが「あはは、まあ、それほど神経質になってもなあ。そんなに気にすることはないが、あえて患者に出身地まで名乗ることもない。それより君は地元の言葉を使うようにしろよ。君は関西弁でおまけに早口だからなあ」。東北では土佐弁も関西弁に聞こえるらしい。私は少し覚えたばかりの方言で「ほだごどだば、まあず、さすけねえこんだし」「わっはは、その調子でやってくらんしょ」。

窓外では日ごとに緑の濃くなる会津磐梯山を春の日が炙っていた。

その夜に各科の一〇人以上の新入医局員の歓迎会が会津有数の料亭、東山温泉千代滝で行われた。新旧医局員の紹介が終わり私が座布団に座ると、隣の心臓外科の大柄な初老のW先生はその巨体を盛んに揺すって「会津はある日一日で突然に朝敵にされたのだかし。会津藩は何年もの間、莫大な費用を負担してはるばる京都まで出かけて天皇をお守りしていたのだかし。それなのに、それがあの日に突然に朝敵にされて、殿の首を差し出せとか無理難題の後に攻め立てられて……」。

口角泡を飛ばして真っ赤になり半時ほどまくし立てた。黙って聞き入っていると隣の脳外科部長のMが

「また、始まったか、まあまあ」と笑いながらWに酒を勧めて、宴会はすぐにその無念とは無関係のぬくもりに包まれた。慶応三年一〇月、徳川慶喜は大政奉還を決意し、会津藩主松平容保はその英断に率先して賛意を示した。しかし、その前日に岩倉具視、西郷隆盛、大久保利通により開国倒幕の密勅、会津討伐が錦の御旗と共に薩長に下されて、明けて慶応四年の明治元（一八六八）年四月、容保は帰藩して恭順の日を送る。そのあとは歴史の示すとおりである。

翌日からの私は激務の日々に追われることになった。Oの訓戒に意を払う余裕はすぐになくなった。数日後、ナースセンターの寝台兼用の長いすで身体をくの字に、遅い昼飯の出前蕎麦をかきこんでいると数人の若い看護婦が「先生は何処の人かし、関西かし」「あら、んだか。高知は中国かし四国かし、四国は上のほうだべし、やんだ、んでねえの。下かし」とやりとりしていると、中年男と呼ぶのにはまだはやいTさんが事務書類を整理しながら振り向いて「先生は土佐の高知ですか」。そして祖父が当時の床屋だったという彼は「戊辰戦争は戦闘が終わっても賊軍の戦死者は葬るなってことで、この辺りもしばらくは死骸で匂いがひどかったそうです。会津藩京都守護職の負担は莫大で、それは重税になり地元の農民に跳ね返ってきてましたので、むしろ藩がなくなり、農民にとってはよかったのだともいってましたね」。

会津藩が京都守護職として軍を京都に駐留させた当時の藩士総数は一八〇〇人。半数は一年ごとに国元藩士と交代するが、その費用は巨額で六カ年の京都治安に腐心するも、藩政、臣下、百姓の疲労は重なり、農民の反感を買った。Tさんは私の問いに窓から南の方向をあごでさして「あそこがかつての西郷頼母の屋敷跡です。晩年に帰郷した頼母は長屋住まいで深夜から明け方まで、よく一人で月をずっと眺めていたそうですね」。私はいつの間にか昼寝に落ちていた。

その夢の中で事実が混在して表れた。

「会津の見知らず柿はもう熟しておるかのう」

明治も半ばを過ぎた頃、自由党副総裁であった中島作太郎は、武家屋敷を改装したばかりの帝国議会のある東京麹町の料亭に牛鍋をつついている。第一回帝国議会の衆議院準備で忙しい彼は、仕事が一段落して、その夜はかつての土佐藩兵、自由党の闘士、そして嘗ての仇敵である旧会津藩士の中林包明らに会津攻めを回想していた。動乱期を越えた安堵と過去を振り返る余裕が二人に出来つつあった。明治二一年、来るべき第一回帝国議会に備えて言論の自由、租税軽減、大同団結をとなえる土佐の後藤象二郎は東北遊説と集会を行い、会津旧藩士代表格の士族会会長の西郷頼母とは交流があり、頼母は立候補を考えていた。時代は新しい局面に入っていた。

中島は牛鍋の湯気のなかから赤い顔をつきだして、第一回の議長候補の稽古をするように蕩々とまくしたてた。そして……、中島作太郎の回想記に次のようにある。


余らは慶応四年つまり明治元八月二三日の朝、前夜からの豪雨をついて会津盆地になだれ込んだ。既に新政府軍は母成峠をわずか七〇〇の兵ながら白河城の旧幕府軍二五〇〇を撃破し、五月一日のわずか一日で奥州列藩同盟軍の死者は七〇〇余におよんだ。

薩摩の伊地知正治と土佐の板垣退助らの政府軍は一気に伊地知が戊辰戦争中一貫してとった少数精鋭主義の戦法で四〇キロを急進して会津の城にせまった。

その朝、会津と白川をむすぶ母成峠の泥濘の坂道から山間に木霊する大気を振るわすその轟音を生まれて初めて会津の山村の百姓は耳にした。巨大な炒り豆がはぜるような音は大雨の中、戦火を逃れる百姓達の笠うつ音に混じり耳を聾するばかりで本当に聾者になった者もいた。これが政府軍突関の一斉射撃であった。先兵はすでに市街に潜入して城内は炎上していた。合図の半鐘が激しく連打され会津の家臣達は刀剣を帯び婦人は長刀を下げて三の丸に参じた。城門はすぐに閉ざされ、入りきれない町人、百姓はちりぢりに城外に逃げ阿鼻叫喚に拍車をかけた。同時刻には街中から挙がる煙火を城の火炎と誤認して落城と勘違いした白虎隊の少年達が飯盛山で集団自刃していた。新政府軍はミニエー銃、七連発のスペンサー銃、スナイドル銃を装備し、狙撃戦法も優れていたが会津藩は火縄銃と少数のゲーベル銃といった装備と不手際な指揮も多かった。会津藩が購入していた新式銃は何故か最後まで使用されず、新政府軍のスペンサー銃八〇挺の購入費は皮肉にも白河城の焼け残りの蔵に蓄えられていた大量の生糸がもとでになった。母成峠の戦いでは会津藩の圧政と焦土作戦により住宅を焼き払われた農民が新政府に加担し手引きすることもおきた。

余は盆地に入り敵兵をスペンサーで払いのけながら若松城門前に迫った。至る所で紅蓮の炎が挙がり天守閣は黒煙と豪雨で見えない。城に近くなるとかなり大きな黒塀の屋敷があった。家屋のみで三〇〇坪もありそうな屋敷で屋根瓦には九曜の紋が焼かれていた、なにそれは西郷家の家紋じゃと。屋敷内に二、三発の銃を放ったがしんとしておる。そのまま屋敷に侵入して長い廊下を進んでゆく、部屋は二、三〇以上あった。奥の書院作りの部屋、ああ、便殿、お成り御殿というのか、藩主を迎えた部屋じゃったか。そこにはそこだけ空気が重くよどんで固まったような気配と血の匂いが隙間からただよってくるのじゃ。襖を開く。あたたかく生臭い匂いがどっとつよくなり足下の一面を黒いものがさえぎる。ランプを灯すと多数の婦女子、幼児も交えて数十人が血の海の畳に斃れている。突然にその中から小さな影が身を起こしてそこから声が響く。お味方の方でしょうか、眼は開いているが焦点が合わず目は見えぬらしい、「味方じゃあ、しっかりせい」。とっさに返していた。すると一七、八にみえる顔面蒼白の江戸人形のような娘が懐剣を余に突きつけて、私の命をどうかこれで。わしは身がすくんだ。見えぬ目で、どうか、命を。かすかな声ももう途絶え気味でやっと聞き取った。余はとどめをさした。隣の部屋では二人の老女が斃れていた。七〇ばかりの老女が見事に切腹していて、その懐剣はここに示すように見事なつくりで九曜の目貫であった。もう中林はすでに顔を真っ青にしてたまらず声を作太郎に搾りだす。「貴殿が介錯したのは西郷頼母の妹様の由布子様で二三歳でありました。九曜の目貫のその老女は家老の母律子様です。律子様方は籠城ではなく最初からその覚悟であったのでしょう。貴殿は頼母様の家族郎党合わせて二一名の自刃に立ち会われましたのじゃ‼」

中林包明はかすれながらやっと声をしぼり出した。

頼母の一三歳の娘の瀑布子が「手をとりて共に行なば迷はじよ」に、一六歳の姉の細布子が「いざたどらまし死出の山道」とつける。二歳、四歳、九歳の妹達も空しくなった。三四歳の妻の千代子が自ら太刀を手にしている。由布子は「もののふの道を聞きしをたよりにて思ひ立ぬる黄泉の旅かな」と決心している。

千代子は水盃を上げてから八歳の三女田鶴子を刺して、四女の常磐の驚き叫ぶのを、汝も武士の子なるぞ、と貫き、二歳の末子の面をみた。嬰児は母をじっと見つめて微笑んでいた。千代子は荒い呼吸を数度して眼をつりあげてこれも刺し、身を刃に伏せて斃れた。

作太郎が屋敷から出ると会津の山々は暮れに向かっていた。山野に赤い柿が点点としている。ふと彼は郷里の同志であった、今は亡き与一郎との山越えを思い出した。


私の郷里に標高千メートルの「みずのとう」という峠がある。この峠は土佐から松山に抜ける裏街道である。元治元（一八六四）年一一月、中島作太郎はこの山道をとおり従兄弟の中島与一郎、師弟の細木核太郎と共に脱藩した。しかし、中島与一郎は歩けなくなり、二三歳でその峠で切腹し果てた。作太郎は長州に到着した後に坂本龍馬と行動をともにした。龍馬の死後は田中光昭の陸援隊に入り板垣退助らと戊辰戦争を戦う。維新となり作太郎は信行と改名し、兵庫県令、欧州留学そして神奈川県令を歴任した後、板垣退助の自由党副総理に推され、明治二三年第一回衆議院議員選挙に当選して初代衆議院議長をつとめた。

板垣退助は戊辰の役では会津三春藩の無血開城など会津に同情的で、その戦いの後は名誉回復につとめ、維新後に土佐を訪れた会津人は多い。

作太郎の介錯は頼母に伝えられ、頼母はその薩摩人（頼母の自叙伝にはこうある）の行為に謝した。

当時の人の死生観、倫理観は現代人のそれとは随分と違うが、人の道はなんら変わりない。


三年半の月日が流れた後、春間近な三月、私の最後の外科カンファランス、プレゼンテーションが終わる。「時の流れは早いものだし。いや、名残惜しいなあ、今週でお別れだな」と外科部長のKが独り言のようにも語る。K先生はその時には院長になっていた。理事長であり、直接に外科手術の前立ちをしてくれたT先生は既に他界していた。胃がんと食道がんの重複癌であった。

私は患者さんやその家族に土佐の出身であることはしばしば語ったが、特にどうこうはなかった。なによりも、それに神経をつかう余裕は共に全くなかった。「郡山に行っても時々はゴルフでもやりにこい」。会津の三度泣きは郷土の先人のおかげか一度目は全く体験せずにすみ、二度目、三度目は心ゆくまで味わった。その間に長男が生まれていた。今でも三年に一度は会津で旧交を温め、毎年秋には見知らず柿を味わう。

余談だが、戦場となった白川に明治一一年、白川正教会を建てて約四半世紀にわたり宣教した沢辺琢磨という人がいる。以前の名を山本数馬という土佐藩士、坂本龍馬の従兄弟に当たる。彼は函館で沢辺家の婿養子となりロシアのニコライ司祭に洗礼を受けた。また沢辺は函館の五稜郭の戦闘に際して、西郷頼母から長男の吉十郎を託されている。吉十郎は二二歳で病死した。会津藩出身者では紙面の都合で一人だけ、後に高知県師範学校長になった加藤寛六郎をあげておく。

今年の大河ドラマ「八重の桜」から思い出して会津と土佐の縁を記した。

（二〇一三年）

氷餅随想

「先生、〇〇テレビの年末の特集で秋田出身だという人達の居酒屋を紹介していましたが、その時に氷《こおり》餅《もち》を藁ひもで編んで店の壁に吊るしていましたよ」と職場の女性職員Iさんが私に告げた。

横手に来て半年になった。当地特有の食べ物を職員達に尋ねたら、えご、柿羊羹、こざきねり、サラダ寒天、豆腐カステラ、幼虫チョコ、アイスドリア、花寿司などずらずらと挙げて、一部はわざわざ施設に持ってきてくれた。

しかし私がつよく興味を持ったのは氷餅である。『横手史誌』をめくっていた時に、天明九（一七八九）年五月一四日

飛脚にて一筆啓上し候（中略）屋形様　御屋敷に入り遊び通り候　藩主御休息につき氷餅五〇等献上仕り候　青木庄左衛門様　　伊藤弥忽左衛門様　　湊主水

などと記されている。

「氷餅」、私はこの不思議な言葉に魅せられた。食物らしいが、その文字が記されているのみで、詳しく

解らなかった。また、この言葉はまわりの誰に聞いても知らない、という。
いろいろと調べて、そのことを「松木家日記」の一部を脚色して書いてみる。

横手町本陣松木屋

文化一一（一八一四）年三月の横手町の辺り一面が、白銀の雪に囲まれた寒い夕刻のことであった。公儀お役人近藤磯右衛門のほか一行二五名は蝦夷地御用のために松前藩を下り、江戸に向かっている途上、その夜は横手町本陣に長旅に汚れた脛巾《はばき》を外した。

旅籠の主、松木吉右衛門は手代には無論、使用人一同に、「秋田藩六千石、久保田藩二〇万石、六郷家の本荘藩は二万石、岩城家の亀田藩三万石というが、藩ごとの実勢は飢饉もこのところ多くてのう、内情は石高のみではわからんものじゃ。松前藩は外様上主格としての一万石となっているがのう、内緒じゃが、砂金、毛皮、ニシンや昆布などのおろしゃや朝鮮半島との密貿易で巨利を得ているそうで大切なお客でな。くれぐれも粗相のなきようにせねばならんぞ」と、主はとりわけ台所には重ね重ね注意した。

磯右衛門は茅葺き四柱の風呂からこの宿の本陣旧家の庭を眺めていた。昨年の秋にも投宿したが、そのときにはコオロギが築山の木々から秋を鳴き尽くしていたが、今は築山の滝は凍り付き、一面の白銀の世界でしんとしている。利休鼠の空に、巣に帰る白鳥の叫びがクオークオーと響いている。

松前奉行支配調役役人殿、近藤磯右衛門につき、松木家の吉右衛門に宛てて、遅滞なく川越の渡し船その他をさしつかえなきようにせよ、との先触れが御公儀から文化一一年の三月一日に届いていた。

風呂から上がるとすぐに磯右衛門は経机に座った。幕府への献上品のことや、ここ数年頻繁に出没していた、おろしゃ軍艦の調書を書き綴る間に、既に宿の女中は菜種油を変えて新しいろうそくを行灯の油皿に点していた。磯右衛門達がようやく書見を終える頃を見計らって膳が運ばれた。

夕膳として、お汁、なめす地茸、ハゼ魚、あられ豆腐、山の芋、青菜のお汁がまず供せられ、その後に御平として鴨、せんこんにゃく、せり、香は奈良漬けと塩なす、御皿には平目、水せん、獅子茸、うとう、しょふく海苔、玉子があり、その後には酒肴として水せんまき、御台には水せんじまき、梨と続き、御皿鉢には平目、水せん焼き、湯に玉子白身、くず廻し、刺身と続き、お吸い物として白魚、小しょふ入りとなった。

その間に既に早い夕飯をすませた中間供回りの八助は、明日の主、磯右衛門の旅姿を整えていた。振り分け行李に丁寧に笠、手甲、脚絆、合羽、道中脇差し、わらじ、小田原提灯、矢立て印籠、道中案内、油紙を畳んで入れた。その頃は武士の荷物は次ぎ送りにするか供に持たせた。武士の両手は必ず空けておく習わしであり、これらの荷は供のものが担いだ。

そこにがらりと襖があいて女中が氷餅をドサリおいたのを機に八助も横になった。

翌朝はやく、吉右衛門は「まだ寒い中でございます、風病、類中、中気には注意なされますよう、くれぐれもお願いいたします。またお帰りの際は夏となりましょうから、ようちゅう病にも気をつけなさいまし。雄物川下りの際は特に御履物を外しませんようにご注意を」と一行に注意喚起をわすれない。ようちゅうびょう、つまり恙虫病《つつがむしびょう》、これらは風土病として当時から知られており、病気の頻発する河原は「病い河原」とよばれた。羽虫病《うちゅう》ともよばれたが、土佐のほっぱん、伊豆七島の七島熱も同じものであったのだが当時はわからない。

翌朝の旅立ちのまえには一行の荷担人足、籠人足たちにも滞りなく一人一人に氷餅が手渡されていた。見送りが済むと、その夜、吉右衛門は旅籠代として、まず御上として五〇〇文、御下に三〇〇文を書き付けたのち魚油の行灯を吹き消した。

日記にはこれ以上書いていないので彼らがどうなったかわからない。しかし数ヵ月のちに遅滞なく旅籠代が入金されていることを日記は世に伝えている。

私は日記を脚色して書いてみたが、横手町大町通りで江戸時代後半に弘前藩津軽氏や黒石藩、亀田藩その他の諸藩の本陣をつとめた松木家本陣屋敷は、私が四階のマンションから毎朝毎夕に眺めている横手川に接していて、川欠けの危険にさらされることが多く、中の橋、蛇の崎橋の流出の際、その他、二度の大火により一時は本陣も消失した。松木家は再建費用の一部として金五〇両を最大の御用客、弘前藩に願いでたが、弘前藩はそうした場合には金三両を支給するのが通例として、あっさりと願いを退けた。これを後代に松木家の主が記しているのは、その恨みつらみだろうか。佐竹家は横手城があるので投宿することはなかったものの、さすがに佐竹家はこうした災害に手厚く援助を惜しまなかった記録も残している。

さて、参勤交代の時も含めて横手町の宿場で氷餅はよく家臣団に献上されていたらしい。

「氷餅、それは干餅のことだすべなあ。それなら私の小さい頃から保存食として作られました。米はもち米やうるち米で昔は普通に食していました。餅米は赤飯とお餅用に栽培していました。それを鉢につき、伸ばして薄い板状にしてからマッチ箱サイズに切り、各家庭でサイズは違いますが、それを『めご』あるいは『みご』に編んで寒中の軒先に下げるのだす。そして乾燥させて保存食にするのだす。普通は生地の白いままの餅ですが、ときに紅ショウガで染めたり、胡麻で黒くしたりします。紫蘇の葉で染めるとこれは斑《まだら》のピンクに染まり綺麗ですよ」と秋田の能代郊外にある道の駅のIさんは懐かしさもこめて一気に喋り通した。

「この頃は観光用のお菓子としてもよく見かけます」ということでその後、私は秋田県の県南から県北の道の駅を訪ね歩き店員に作り方を尋ねた。軒先の外干しの前に、能代や大館で道の駅の店員は内干しを欠かさない。「これはそのままバリバリ食べられるのだから絶対に焼いたりしないね」と念を押された。

エピローグとして、氷餅渉猟話

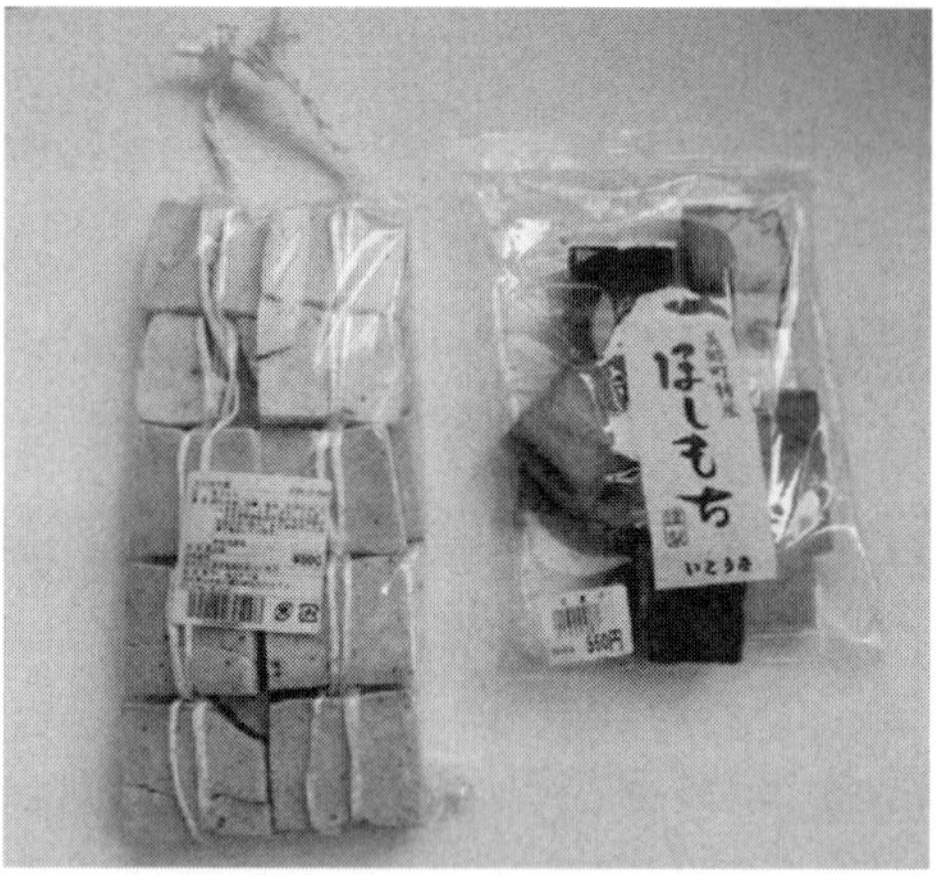

右側が横手市の道の駅、向かって左側の大きなほうが北秋田市の道の駅で購入したもの。後者が製法も含めて昔の氷餅の束に近い。色は蓬などで付けている。

ネット検索してみた。Wikipedia によると、氷餅とは餅を水に浸して凍らせたものを乾燥させた保存食、とある。別名干《ほ》し餅《もち》、凍《し》み餅《もち》、凍《し》み氷《ごおり》や凍み豆腐という名称もある。兵糧や携帯食である。伝統的に東北地方から信越地方の寒冷地で作られている。小正月頃に残った餅を加工して、田植え時期や節句に食する地方が多い。

信州地方だと、もち米を一昼夜水に浸してから、挽いてその液を五時間かけて炊く。糊と呼ばれるこの液を型に流し込み、三日間外で凍らせる。完全に凍ると棒状にきりわけて紙に包み藁で編む。これを屋外で直射日光を避けて、さらに二〇日間寒晒した。乾燥した晴天が続くと雲母のごとき美しき氷餅となる。こうして乾燥させると重さは一〇分の一となり保存食となる。小泉定次郎商店という一〇〇年以上続く老舗では、御凍り餅として大正時代様式のレトロ調の赤い袋に包装して、信州特産品で販売しているし、なんと九州は福岡のデパートでも販売されているらしい。

（二〇一七年）

イザベラ・バードの薬石代

イザベラ・バードの旅

明治一〇（一八七七）年、維新の最後の反乱である西南戦争がおきた。明治一〇年は下から読んで「ねんじゅうおさまるめい」と揶揄された年である。

平成の今、維新という言葉が乱発しているが、明治一〇年までは、後に維新と呼ばれた時代の現実は相次ぐ地方の動乱により、まことに困窮していた。農民一揆の数は年に平均四〇件もあり幕末時を上回っていたし、秋月、萩と不平士族の反乱も頻発していた。そんな明治一一年に四七歳になる一人の英国女性がサンフランシスコから太平洋を渡ってきた汽船から横浜埠頭に降りた。英国ヨークシャーの牧師の長女として生まれ、病弱な幼年時代をすごしていた彼女の日本探検の旅が始まった。

その年の六月の日光訪問を端緒として、東北、北海道を旅行し、九月に東京に帰り、その暮れに香港に向かっている。

彼女の旅行記から脚色して随想してみたい。

イザベラの病と薬石代

山形ではえらいことになったわ、とイザベラはこの日本の旅をやや後悔していた。蒸し暑い草いきれが昇ってくる、急峻な曲がりくねった坂道で彼女は人力車から声を高くして一八歳の若き日本人通訳の伊藤に尋ねた。

「イトー、七月の新庄はさすがに暑いわね。道路もえらく悪いわ。でも今朝は鶏を一羽手に入れてくれてありがとう。これで今夜は少しはましな食事が出来るわ。長旅に貧弱な食事、そして、こんなに湿気が多くて暑くて弱った体では、もう旅を続けるのは難しいと思っていたから助かったわ。でもまだ道中でも宿に着いてからも蚤、虱、虻、雀蜂、馬蟻の襲撃は続くのでしょうね」（筆者脚色）

初夏七月の太陽は数日来、相変わらず焼き殺すような日差しで夏草も険しい峠道も炙り立てている。尾花沢で見た「チョーカイザン」の八千フィートの頂の雪の眺望は彼女の無聊《ぶりょう》と暑さを忘れさせた。が、しかし今は険しい最上川支流に沿った峠道、坂道がイザベラと通訳の伊藤や駄馬一頭、馬喰《ばくろう》達を苦しめる。養蚕作業で忙しいからと予定していた天童での宿泊を断られて、休息が出来なかったことも極東の山道の苦しい旅をさらに過酷なものとした。とにかくどこでもいいから休息しないと、と二人ともそれはわかっていた。

「滋養のほうはこのあたりの農家を訪ねれば、鶏一羽くらい、あっしにもなんとかなりますが、それより腕や脚の腫れ、痛みや熱は如何でしょうか。昨晩、新庄から呼んできた野崎という医者の薬石の効はありましょうかね。久保田に着けば医学校もあるらしいので少しは安心でがすが……」伊藤は言う。（筆者

脚色）

昨日とはうって変わり、口数の多くなったイザベラに伊藤は内心では安堵していたのだが、確かめたい気持ちが残っていた。蝦夷まではまだまだ遥かな旅だ。第一ここから久保田までが長く雄物川の川下りも待っている。

「おかげでなんとか腕の痛みはひいてきたわ。ノザキには感謝しないとね。包帯から注いだ洗い薬も油紙で包んだ包帯や熱冷ましの漢方薬も効いているようよ。でも彼が一日か二日は酒を慎めと告げた時は腹が立つより吹き出しそうだった。それより、あたし、彼の昨夜の夕食の箸さばきにも感心したけれど、美味しいということを示すためにわざと音を立ててごくごく飲んだり、息を吸い込む様子には、あたしもう少しで笑うところだった」（筆者脚色）

しかし、昨夜は絹の紋付袴での長い三顧礼拝の挨拶「これは腫れていますなあ、痛いでしょう、虫刺されでしょうかな、やはり炎症です、熱がおありでしょう」と素人でもわかっていることをくどくどと聴いてきて、それだけでも腹が立つのになかなか検脈とかの診察もせずに、うやうやしく黒塗りの薬箱から植物性らしい漢方薬をまことにゆっくりと取り出す所作にも、腕の痛みもありイザベラ・バードは怒りが爆発しそうだった。痛みがひいた今は冷静に笑える。

「イザベラ様が彼に一円も差し出すからですよ。申し出のように五〇銭でも多いくらいです。ただの徒《かち》医者ですしね。久保田では駕籠《かご》医者くらいの医師に検脈してもらえたのでしょうがね」（筆者脚色）

体調の回復した翌日からは、院内、湯沢と続いて横手の宿となる。院内で脚気の治療に久保田からきていた若い医師の一言の情報のおかげで、旅は一転して楽しいものとなるのだが、まだそこまでには数日を要した。その夜に伊藤の手違いで鶏を逃がして、彼の手料理の夕食には肉はなかった。イトーは平謝りに謝った。

横手での災厄

以下、イザベラの紀行文を見てみよう。

「横手は人口一万の町で、木綿の大きな商取引が行なわれる。この町のもっともよい宿屋でも、りっぱなものは一つもない。（中略）宿の亭主はたいそう丁寧であったが、竹の梯子を上がって、私を暗くて汚い部屋に案内した。部屋には怒りたくなるほどたくさんの蚤や蚊がいた。横手では毎週木曜日に雄牛を殺すということを途中で聞いたので、夕食にはビフテキを食べ、もう一片は携行しようと心に決めていたのだが、着いてみると、全部売り切れで卵もなかった。そこで米飯と豆腐という哀れな食事をした」

「横手を出ると、非常に美しい地方を通過して行った。山の景色が見え、鳥海山がその雪の円屋根をときどきのぞかせた。（中略）そして六郷という人口五千の町に着いた。ここはりっぱな神社や寺院があるが家屋は特にみすぼらしかった。群衆が猛烈に押し寄せてきたので、私はこのときほど窒息しそうになったことはない」（中略）

「人力車に乗って六郷《ロクゴー》を出てから間もなく路傍の茶屋で休んだが、そこで脚気が流行していた院内に滞留していた若い医師に会った。彼は礼儀正しく感じのいい人物で、久保田《クボタ》（秋田）の病院を訪問するように私を招待した。彼はそこの若い医師である。彼は伊藤に、（イザベラの通訳兼召使い　筆者注）『西洋料理』を食べられる料理店のことを話した。これは楽しい期待で、伊藤はいつも私に、忘れないでくれ、と念を押している」

ちなみに横手町が町村施行令により発足したのは、明治三一（一八九八）年の四月一日である。横手市の誕生はさらにずっと後のことである。

久保田礼讃

イザベラは四二マイル、九時間の雄物川下りの平穏な旅のあとに、七月二三日久保田に到着した。「私はたいそう親切な宿屋《ヤドヤ》で、気持ちのよい二階の部屋をあてがわれた。当地における三日間はまったく忙しく、また非常に楽しかった。『西洋料理』――おいしいビフテキと、すばらしいカレー、きゅうり、外国製の塩と辛子がついていた――は早速手に入れた。それを食べると『眼が生き生きと輝く』ような気持ちになった」

この西洋料理店は井上隆明氏の『秋田の今と昔』（東洋書院）によれば、秋田市大町四丁目川反、多分現在の赤レンガ郷土館付近に、明治一一（一八七八）年、間口五間の大レストランとして土佐出身の初代秋田県県令、石田英吉の肝いりで開店した与階軒《よかいけん》でないかとされている。これはほどなく営業不振で閉鎖している。開店直後に訪れたイザベラは幸運だったろう。ちなみに石田英吉は海援隊の一員として維新に活躍し、その後数年で秋田を離れて、後に長崎県知事となり、さらに要職を点々として帰郷している。維新に道半ばで倒れた数百名の土佐の志士とは異なり、まず幸運な一生を終えた。

私はこんなことにも歴史を感じている。

ここでイザベラ達は四泊五日を過ごした。

「久保田（現在の秋田市）は秋田県の首都で、人口三万六千、非常に魅力的で純日本風の町である。（中略）城下町ではあるが例の『死んでいるような、生きているような』様子はまったくない。繁栄と豊かな生活を漂わせている。この県の役所にも他の仕事にも、外国人は一人もいない。病院でさえも、初めから日本人の医師たちが作ったものである。（中略）

院長と六人の職員の医師は、すべてりっぱな絹の服装であった。（中略）煙草と茶菓子が出された。この後に五十人の医学生を伴って病院の中を回った。一巡り見てから私たちが事務室に戻ってみると、英国風に食事が並べられていた――お皿の上にコーヒーの入った柄のついた茶碗（中略）。

全体として、私は他のいかなる日本の町よりも久保田が好きである。たぶんこの町が純日本的な町であり、また昔は繁栄したが今はさびれているという様子がないためでもあろう。私はもうヨーロッパ人には会いたくない」

以下は省略する。読者はできれば彼女の『日本奥地紀行』Isabella L. Bird の Unbeaten Tracks in Japan を是非ご一読いただきたい。

余話として

紙幅の関係で省略したが、この横手と久保田の印象の落差は、当時の社会事情が関係していて興味深い。ところで人別帳にいわゆる、「享年」というのが記されるようになるのは明和八（一七七一）年以後のことである。これによると明和以後一〇〇年の日本人平均寿命は二八歳である。乳幼児の死亡率がやたら高く幼児の三人に一人しか成人していない。大人になっても人生は五〇年である。

医療となると幕末には江戸だけで漢方医は万人以上、蘭方医五〇〇〇人とたくさんいたが免状の必要はなく、その技量についての決まりはない。さらに「病治して首括る」ということになり、庶民は神頼みか妙薬とされる市販薬を使う。地方の医療となると悲惨である。イザベラが出会った医師が平均的な地方の医者の水準であったろうか。

江戸時代の十大疾患はランキング順に眼病、疝気《せんき》、疱瘡、食傷、歯痛、風邪、総毒、痔、癪、癇性である。これは当時の久保田でも同じである。治療費でみると漢方医の徒医者で二分、乗り物医者で二両一分。薬銭は一貼―つまり一服で銀二分、五〇貼銀一〇匁、これが蘭方医となると診察代が一五～三〇匁、初診料が二二匁五分、薬札がさすがに七日分としてあり銀三〇匁である。ちなみに開通したばかりの当時の東京から横浜間での鉄道乗車券がおおむね一円程度である。そして念のために記しておくと江戸時代の通貨、貨幣流通使用状況は現代の概念とは異なり、十進法と四進法の以外にも武士の俸禄用、商用と一般用とで異なる。庶民の日常通貨には銅銭が、武士の俸禄、高額な反物などの商取引は小判などの金がもちいられ、大工の手間賃、かご代金、薬代などには一分銀、豆板銀が使われた。その他にも紙幣があり、山田羽書《はがき》や藩札がある。一匁は今の五円玉の重さで約四グラムである。

（二〇一七年）

参考文献

イザベラ・バード『日本奥地紀行』高梨健吉訳、平凡社、二〇〇五年
伊藤武美『諒鏡院・佐竹悦子の生涯』無明舎出版、一九九三年

土居輝雄『佐竹史深訪』秋田先魁新報社、一九九七年
江戸人文研究会編『江戸の用語辞典』廣済堂出版、二〇一〇年
渡部景一『佐竹氏物語』無明舎出版、一九八〇年
小沢健志・山本光正監修『レンズが撮らえた幕末明治日本の風景』山川出版社、二〇一四年
秋田県歴史散歩編集委員会編『秋田県の歴史散歩』山川出版社、二〇〇八年
半田和彦『秋田藩の用語解説』秋田文化出版、二〇一六年
山本博文『あなたの知らない秋田県の歴史』洋泉社、二〇一三年

イザベラ・バードの旅と明治の横手

プロローグ

日本史において、また現代においても維新という言葉は魅力的な響きがあり、明治は特別なエポックであるらしく、巷にはその出版物は多くて、映画、テレビ、その他のエンターテイメントに取り上げられることは多い。ことに本邦の政治家は明治維新が好きなようである。

イザベラ・バードの『日本奥地紀行』、原題 Unbeaten Tracks in Japan はバードが明治一一年六月から九月にかけての約三ヵ月間、東京から北海道までの旅行記録である。私はこの本を読み終えて、幼少時は病弱であり、時には命も危ぶまれたことのあるイザベラの不撓不屈の精神と探求心、そして小番兼通訳の少年、伊藤との交流に深い感慨を覚えた。

またこの時日本の改革は性急で乱暴でテロと汚職、政治抗争と流血に彩られたものでもあった。イザベラ・バードの東京公使館にての明治一一年九月二一日の記述を抜粋してみる。

「東京は静穏である。騒がしいのは、米作に対する心配と、札《サツ》の下落の不安である。陸軍の反乱者たちは裁判を受けた。（中略）五十二名が銃殺刑になった」（八月の近衛兵達の反乱、竹橋騒動を指している　筆者

注)。

そうした世間の喧騒の中を旅したイザベラであるが、彼女の周囲には文明開化を享受した庶民、平民が大勢いたのである。

当時は革命的動乱期であったが、また破壊の次に来る創造の夢も持てたであろう百姓町人達の、身近な生活の変化を少し調べてみた。そして意外な、(少なくとも私には)興味ある事実も目に留まったので、そのことを書いた。特にここでは内乱とテロに明け暮れた英雄達の歴史的日々よりも、彼女の旅の中に現れる庶民の歴史を眺めてみたい。

旅の別れ

明治一一(一八七八)年の九月のある日のことである。その日、太陽は輝き光と影は豊富に燃えるような紅葉と色彩を放ち、蝦夷の森や谷間から立ち上る小鳥たちの音楽はイザベラを楽しませていた。湖の向こうには裸火山の溶岩の野原に囲まれて、壮大な全景が見通せ、その遥か向こうには函館の岬が見えた。峠下の宿屋の朝がきた。

「昨日の朝に伊藤が私を起こして『いよいよ最後の朝になって残念に思いませんか。私は残念に思っています』」(第四十一信)

と荷物の整理をしながらイザベラに背を向けたまま、声を少し細くして言うのだった。イザベラの胸中は、ああ私たちは同じ思いなのだ。楽しいこれまでの旅、その最後の北海道旅行がこれで終わるかと思うと残念でならない。小番としても料理人としても通訳としても重宝であったこの少年と別れるのはつらい、そんな心中が想像される。

イザベラの旅行記は、彼女の妹に宛てた書簡が中心になって編まれている。もともと伊藤をガイドとして雇い入れるつもりは毛頭なかったのだが、今、彼女は運命の不思議を感じていた。そしてこの旅は、すでに日本のあちこちに存在していた英国公使館により支えられていた。

明治元（一八六八）年は戊辰戦争、江戸城無血開城、五稜郭の戦いがあり、翌年に東京遷都そして版籍奉還である。この時に四民平等の身分制度が発布されている。当時の日本の人口は三千万人で、うち九五パーセントは平民であった。明治三年は「平民の苗字、さし許され候こと」と布告された年で、年を重ねて太陽暦の導入、電信の開通、郵便制度の導入、新貨幣条例、散（断）髪と脱刀の自由、新橋横浜間の鉄道の開通、横浜でのガス灯の点灯と続く。

女一人蝦夷地を行く

イザベラの旅と前後する明治九（一八七六）年から一二年をみると、神風連の乱、萩の乱、西南戦争と士族の反乱が続き、不平士族のみでなく、地租改正に反対する百姓の伊勢暴動、近衛兵による竹橋事件の反乱、自由民権運動の弾圧、大久保利通の暗殺と、続く内乱とテロの時代だった。その時代に彼女たちは蝦夷を旅したのである。

明治二年には蝦夷地は北海道と改称されている。イザベラ・バードの『日本奥地紀行』（高梨健吉訳）

の平凡社版（二〇〇〇年初版）は北海道の記述となっているが、当時の外国人達の日本紀行文では蝦夷地と記されているものも多い。

太平洋という日本語が定着し統一されたのは明治一〇年代である。それまでは寛政元（一七八九）年、地図には静海と記されている。そのほか東洋海、東洋、太平海などなど。秋田と大いに関係のある日本海は享和二（一八〇二）年に蘭学者山村昌永が、その著作の地図に日本海と明記しているのが初めてらしい。銀行は明治五年に国立銀行条例を公布しているが、この日本語が国民に定着したのは明治一〇年を過ぎてからであり、それまではbankの外国語が上陸していた。現在、頻用されている「社会」という語が使用されたのは明治八年である。それまでは組、世間、仲間、世俗、会合などの類語が使用された。現代の定義では、社会は「人間が集まって共同生活を営む際に、人々の関係の総体が一つの輪郭をもって現われる場合の、その集団、包括的複合体」（『広辞苑』）となっている。

明治五年には長州藩士で当時の大蔵省の井上薫が職権を濫用して、鍵谷の村井茂兵衛から尾去沢鉱山を巻き上げた尾去沢事件が起こっている。騙し取られた村井は大阪で憤死している。蛇足になるが坂本龍馬とともに幕末に活躍し、長州藩の軍艦購入などにも関わった土佐藩の近藤長次郎、通称、饅頭屋長次郎は突然に謎の死を遂げているが、かつてこの事件にも井上は関係している。

イザベラと久保田、横手

彼女の見た秋田をみる。

明治元年当時の横手町の人口は一万一三一七人である。なんと明治元年には三〇を数える新聞がどっと創刊されているが、明治一〇年八月の朝野新聞という東京の新聞に秋田県だよりがあり、それには「小学校の景況は県官の注意と教師の勉強によって如何にも盛んなり。公立病院はあれど名のみにてはなはだ振るわず、ただ娼妓検査日のみ賑わし」とある。「道路の修繕はよほど行き届きたり。土崎港より県庁までの二里余は険をたいらげ巌を砕きて平坦の車道を造くるにいたり。石油は当地の産物にて目下資本に乏しきを以て社長某は東京へ往来して資金周旋中の由。明治一二年六月には人力車は県内で八百輌も在り久保田城下のみにて四百輌余もあり。久保田土崎間の往来は車轍櫛の歯を引くがごとく奥羽の一都会たるを証す」とイザベラの記述のとおりである。それより先の明治四年に廃藩置県がなされ、この時は三府三〇二県であった。久保田藩は秋田県になり、横手町は一時、横手県設置の請願運動を起こしたが、この分県設置は認められず今にいたっている。

さて、イザベラとその通訳の伊藤が楽しみとした久保田の、秋田県令土佐藩出身で元海援隊の石田英吉の肝いりで、現在の秋田市大町川反に開業した西洋料理屋兼ホテル「与階軒《よかいけん》」の牛肉ステーキのことに移る。牛鍋に象徴される公然たる肉食は文明開化の申し子であり、明治八年の朝野新聞には「何がひらけたといっても牛鍋ほどひらけたものはあるまい。六七年前までは東京でさえも洋学の書生さんでなければ牛を食うものは、なかりしに近来は山間僻地の処女までもが、牛を食わねば人間でないように思ふ程になりました。牛の歩みどころか鉄砲玉のごとき世の進歩なり。……」とその流行の速さを鉄砲玉に例えている。

人力車は明治三年に東京の和泉要助らにより発明された。それが完成された形になったのは明治八年頃らしい。

横手の明治

明治五年から明治九年の頃には、横手地方の大地主や医師は定紋付の自家用人力車や幌付き箱雪車を備えていた。医師は抱え車夫を置いていた。営業車夫の屯《たむろ》する人力車舎が大町の小坂旅館や大町中丁の翡翠館平田屋（平利旅館）、平源旅館の真向かいや脇に置かれていた。この頃に芸妓規則が初めて出された。明治一二年には横手町には芸者がすでにいて、彼女らは盛岡市や東京から雇われてきており、明治四三（一九一〇）年には二四名いた。

明治一〇年には平利旅館の前に村上源蔵が洋服仕立て業を本県最初の洋服店として開業した。店にはミシンを備えてランプを吊るした。ランプを見に来る人は一週間、ミシンを見学する人は一ヵ月も続いたと『横手明治百年史』には記《しる》されている。その横手町最初の銀行、第四八銀行が四日町の富豪、渡辺八右衛門宅に置かれている。巨商と言われていた渡辺氏は宴席に芸者がいないのは無風流だからと、横手町に東京から芸者を招いたり、料理がうまくないからと、遠方から醤油を取り寄せたりしている。

明治はブルジョアジーとプロレタリアートを生み出した。

混乱

明治三年に出された廃刀令はなかなか実行されず、明治九年に再び出された。当時、腰の軽くなった武士の中には、流行していたステッキをさして歩いた人もいるという。明治五年に国民皆兵となるが、この時の太政官の告諭で「人間は力を尽くして国家の役に立たねばならない。西洋ではこれを血税という。その生血をもって国の用に役立てるからである……」とあり、これに国民は生きながら血を搾り取られて、これを外国に売るのだという血税騒ぎが起こった。明治一三年には平鹿郡にも自由主義の流れを汲んで秋田立志会が出来た。しかし、当時は本来の自由思想とは全く違った解釈をしたのか、横手のTという輩は〝自由に〟殺人強盗までもした。明治七年には横手にも人力車が入ったが、これに乗ったり引いたりすると血を吐いて死ぬといわれた。

銭湯のことを記しておくと、銭湯はそもそもお寺の救済制度として発生し、町湯は既に平安時代にあった。江戸時代には銭湯は男女混浴が普通であり、しばしば禁令が出されたのだが、これほど守られなかった禁令も珍しい。明治二年に政府は混浴禁止令を出したのだが、湯は男女の別なく風呂の戸は開け放し故、なにもかも従来の姿なり、と明治一〇年の滋賀県通信は伝えている。

時折、上京する私は、首都で女性専用の客車のあるメトロ、乗り合いホームなどを目にすると隔世の感を禁じ得ない。

稿を終わるにあたり、現代に眼を転じると、シリアやアフガン、フィリピンなど世界のあちこちで紛争が絶えない。古来、東西を問わず、革命と称する多くは単に支配者が交代するのみで、体制には何ら変わりない。どうして龍馬たちの日本の〝洗濯〟、御一新が成功したのか、その一部を、外国人女性のみた日本紀行は伝えている。

付記　横手町等の地名は文献通り記したが、これひとつとっても記載するにはとても紙幅が足りない。歴史を歩く旅は遠く険しいことを痛感した。不備なことは承知しているので御寛恕を頂きたい。横手の地名が文書に現れるのは約七〇〇年前である。横手町となると……。

（二〇一七年）

参考文献

横手市『横手明治100年史』上巻、二〇〇七年
イザベラ・バード『日本奥地紀行』平凡社、二〇〇五年初版第一〇刷
横手市『横手の歴史　横手市史普及版』横手市、二〇一二年
横手市『横手市史・資料編近世』二〇〇七年
伊澤慶治『横手ものしり事典』東洋書院、一九八四年
川崎勲『銀色の余暇』岩城町教育委員会、秋田活版印刷、一九九一年
伊藤信一『横手の民族散歩　古写真に見る横手』私家版、二〇一五年

Ⅲ　出会い

天寿の人

もともと、拙作は昨年七月に秋田医報投稿用に書いていていたら、あるきっかけで、夏の終わりに第二一回の大原富枝文芸賞に応募して、小生はおもいがけなくも一二月に入り医局カンファランス室で最優秀賞受賞の知らせを電話でうけました。飲んだコーヒーを吐出した。

大原富枝さんは安岡章太郎、倉橋由美子、宮尾登美子と並ぶ戦後高知県の生んだ代表的な作家。「婉という女」は映画にもなりましたし、世界の数ヵ国に翻訳されています。この文芸賞は彼女の遺志で出身地の本山町がその大原富枝文学館と共に管理、主催しています。

高知県在住または出身者を対象にして、小学生、中学生、高校生、大学一般とあり、小学生は随筆のみ、その他は、随筆、小説の部門になり、随筆は原稿用紙一〇枚、小説は二五枚です。八月に文学館から原稿用紙つきで応募の手紙をいただいたとき、「どうしましょう」と考えてペンネーム「堂嶋昭」で応募。

高知に行かれる方は時間の余裕があればアンパンマンの古里も近くだし、是非、大原富枝文学館をおたずねください。そこに製本された拙作があります。賞金はいくらだったかって。いやあ、それは本誌の品格を汚す質問ではありませんか。

「どうか人間としてみてやってください」に視線が凍る。

「頭は普通です。目も見えます。耳も聞こえます。痒い痛いもわかります。残念なことに答えることが出来ません。食べることも呼吸も出来ず機械で生きています。化け物のような身体ですがまだ米を作っています。どうか人間として見てください」

年賀状にはそうあった。この世には我々の想像を絶する極度の幸いと不幸がある。私はMさんの最後の一句に沈黙した。Mさんのことは以前から、壮年期に罹患した難病のことでしばしばマスコミにとりあげられたので予備知識はあった。テレビでトラクターに奥様と同乗しての稲刈り姿を拝見し、奥様の肉声も初めて耳にして、同郷の訛りが恋しく、いつか訪ねてみたいと思っていた。そして奥様から訪問お誘いの葉書を戴いた。

私には難病と闘う同郷人に会ってみたい思いの他に御縁もあった。数十年前になるが、私の家内の実家Y宅にMさんの知人Hさんが下宿していた関係で、Mさんも奥様も高知市のその家をたびたび訪問していた。その縁に加えて、直接の契機はNHKのテレビ番組でALS—筋萎縮性側索硬化症の患者さんの尊厳死問題を提起していた特集を偶然視聴したことである。

この病気は根本的な治療法がない。全身の筋肉が衰えてきて、最後には呼吸筋もおかされる。大脳は上の年賀状にあったように正常である。歩行、食事、発声、呼吸と身体の機能の消滅が緩徐に進行することは耐え難い。だから、尊厳死意思表示をされる方もいる。Mさんが番組に登場して発言する。特殊なパソコン表示画面を使い、奥様の助力を受けて表現した。

「尊厳死が普及しそれが一般的になれば、それを受け入れなければだめなんだ、というふうにもなってしまう。俺は天寿をまっとうする」

その瞬間あるものが私の心を走った。天寿という言葉は深い響きのあるまことに含蓄のある思想である。この国では年間三万人を超える自殺者がいて、ことに秋田県は自殺率日本一である。その社会環境の中で、この実人生を生きる人、人工呼吸器なしでは数分も生きられないMさんの「天寿を全うする」の一言が実にさっぱりとして私に響いた。

私は放射線科医という仕事柄、末期癌の患者さんと長年接してきたし、尊厳死を巡る集会にも参加してきた。命一つ守り抜くのが如何に大変かは身にしみている。眼高手低という言葉があるそうで、頭で理解し口で批評するが実際に物を作るのは困難だということらしい。人間がチューブと人工呼吸器で骨と皮の姿で生かされている現実が日常的である中、Mさんの答えが尊厳死の方向ならば私は興味の持ちようがなかった。社会生活の経験から発した言葉にしか私は共感しない。

東日本大震災の夏が終わる頃、県南の大仙市から車の道路を北にとる。日本海の風を受けて男鹿半島を眺望する海岸を走り、広大な欧米の田園を思わせる大潟村の直線公道に曲がる。炎天下に私は数キロメートルに及ぶワールドソーラーカーラリーも行われる公道を走りながら、赤の他人の不意の闖《ちん》入者にならないかと不安であった。物好きな医者っこ、と思われる程度ならまだしも世間知らずな私は、人の心の深みを無遠慮に覗《のぞ》き込む失礼をしないだろうかと思案していたら、突然に頭上から凄まじい金属音を交えたジェット戦闘機の轟音が降ってきた。

現実に戻されたら、もう目的地に数分である。村に通じる松林に入ると冷気が車内に流れ込んできた。

すぐにMさん宅への道案内の立て札がサルビアの中に見えた。入植者住宅街の家も庭も探しあぐねて車から暑い道路に降りる。松林にノコギリクワガタやオオムラサキ蝶が蠢き、蝉時雨がけたたましい。近所の人に教えて戴いてその指先をみると、簡素な陋屋がひっそり隠れるように佇んでいた。

その家は、実に広大に世界と連なっているかをすぐに知ることになった。

門札脇のベルを押すと「ああ、そろそろ来るころだろうとおもうちょりました」テレビと同じ容貌の日焼けした典型的な土佐の農家の女性がにこにこ顔を柱から覗かした。

一〇畳以上ありそうな板の間の中央の大きな医療用ベッドに坐位のMさんがいた。傍らの人工呼吸器、喀痰吸引器、何よりもMさんの前方二メートル程を隔てた、壁の五〇インチもありそうなパソコン大画面も、テレビで見ていたので私は戸惑わずに済んだ。そうでなければ、初対面の挨拶は奇妙な戸惑いがあったかもしれない。私の自己紹介にMさんは当然の無表情から、かすかな瞬きで広い画面にゆっくりと漢字を交えたひらがな文の丁寧な挨拶を表示した。私はMさんの瞼《まぶた》のテープを見た。自在になる残された瞼の筋肉を動かして、テープに生じた微量電流信号で画面に文字変換されている光景を見た瞬間に、闘病の結果生まれた偉大な医療の歴史と多くの善意の結晶の目撃者になった。

「大潟村の電気に詳しいAさんやP電気の方達で作ってくれたもんですけんど、最初は知識も材料もなくて、ホントに手作りですよ。試行錯誤を繰り返しまして、うまくいかずに瞼を何度か火傷しました。貼る場所もいろいろと変えたりしまして……」

「まあ、大手メーカーは技術は持っていても医療全体の需要がなければ相談には乗ってくれませんしね」と少し経験のある私が答える。奥様が微笑で、

「そこにお座りください。私が主にお話しいたしますが、主人は今みたいに答えますので」と促されて、私はMさんの隣にあった椅子に並ぶ形で腰掛けた。

すると、もう「奥さんはどこの人ですか。何をしていますか」と互いの眼前にカチカチと表示された。全ては実際の要求から発生したシステムである。私は緊張が解けて、三角関係の会話が飛び交った。

「Hさんと主人とは若い頃に意気投合することがあり、よく下宿先のYさん宅にお邪魔しました。あのお堀の橋は今でもよく覚えちょります」

Hさんは後に高知県政の要職につかれた。奥様はY高校の出身者で、私の家内の祖父の教え子でもあった。互いの紹介が済むと私はまず、気になったことを尋ねた。

「ええ、この家は入植しました当時のもので、国から購入しました。村もいろいろありましたから、主人が同志の集会をするために何度か借金を重ねてこのように改築しました。減反騒ぎで出て行った人も多くいましたが、うちは米一筋にやってきました」

一九六七（昭和四二）年一一月にMさんは全国の応募六一五名から選抜された第一次入植者五六名の一員として入植した。高知からは当時ただ一人である。ところが昭和四五年の国の減反政策により農政の変遷は大潟村にも及び離農も相次いで自殺者もでた。

「いろいろの騒動が一段落したときに主人がこの病気になりましてね。もう二十数年になります。何度か死にたいと思いました」

室内の壁には通院やデイケアの予定をぎっしりと書きこんだ白板、沢山の色紙、励ましの書簡、写真が飾られていた。私は正面の一枚を指す。

「主人が日本初代ALS会長になるときに本当に色々と手伝ってくださった方で東京の出版関係の方です。もう亡くなられました。奥様はその後再婚して今はスイスにいます。ハリーポッターの翻訳者ですよ」

隣の一枚を指す。

「このA赤十字病院のB先生からは在宅生活の第一歩を踏み出すときにお世話になりました。泣いていた私を励ますと同時に人工呼吸器の使用や喀痰吸引の猛特訓を受けました」

また隣の一枚に「発病当時からA脳疾患研究所でお世話になった先生です。先生のお子さんに障害がありまして、歩行は出来なかったのですが、なんと特殊改造した車を運転して一昨年に東京からここまで来てくれました。お医者さんになっています」。

部屋には三〇代の女性が椅子に座っていて、時々喀痰の吸引をしていた。

「この方が介護助手で近所から日中は交代で派遣されます。介護費用の補助は最近の改革で我々は随分楽になりました。政権が変わればどうなるのでしょうかねえ。夕方からは、すぐそこのA農業短大の学生さんがボランティアで夜一〇時までみてくれます。最初はどれだけ続くかと思いましたが、先輩から後輩へと引き継がれて、もう、一五年以上も続いていますよ」

Mさんは平成一五年の年賀状で訴えた。

「昨年は、日本ALS協会挙げて、ヘルパーさんに痰の吸引をしてもらいたい、と厚生労働大臣に陳情しました。寝たきりのALS患者にも投票させて、といって三人の患者が裁判をしてくれました。『投票できる制度がなかったことは憲法違反』とはっきり言ってくれました。（略）応援してください」

私は生きるしたたかさの成果をみた。

窓外に視線を移すと夏日に輝く花のなかに見慣れぬモーターがあった。

「人工呼吸器のために万一に備えて自家発電にしています。でも東日本大震災の時は、燃料のガソリンが途切れないかと心配でした」

私はふとMさんの足の腓腹筋に目が吸い付いた。

「いやあ、これは萎縮もないし、お顔も光沢がいいですね」「ええ、おかげさまで少しですけど動かせるようになりました。お医者からは回復不能のようにいわれていたんですけんど」「まあ医者のいうことなど、あてになりませんから」「まあ、ホントにそう思います」と奥様は笑う。

奥の部屋の写真を「母です。九三歳で亡くなりましたが、最後まで電話で郷里から応援してくれました」。数秒の沈黙の後「死にたいと思ったことは何度もあります」とポツリ。

その時初めて、私は自分の間抜けさ、迂闊さに気がついた。孤独なご夫婦の、法改正や天災に怯える日々との闘争と忍耐の結果、今、確実に残る物が残ったのである。午後の日は西日になり、私は二時間を超す頃に辞した。やがてここに星空が降りる。大潟の夜空は古代のように美しい。命は完了するものだ。天寿がそこにある。

（二〇一三年）

秋田・女医の坂道

上野の五重塔にて

出羽の国、久保田の城下から江戸、東京に上ってきたばかりの頃に、若妻の縫《ぬい》は時々、夫とともに上野の五重塔で北西に落ちる夕日の、遠くその先を眺めることがしばしばだった。

当時の小学校教員の初任給は一〇円、巡査で一二円、豆腐一丁一銭、もりかけそば二銭で、彼女達の口にはとうとう入らなかったうな重が三〇銭で、江戸前寿司は一〇銭である。彼女の嫁ぎ先も親代わりの弁護士の兄の実家も裕福ではあったが、新橋横浜間で開通した後の明治年間に延長された上野青森間の汽車賃が、三等でも五円六五銭では縫《ぬい》の故郷秋田は遠かった。

江戸が東京に変わり明治も三六年を過ぎた頃に、本郷区千駄木の東京医学校にいつも親しげに相携えて往来する若い男女があった。

「なんでもあの二人は夫婦でなあ、出羽、そうか今は秋田というのだが、そこから出京（当時は上京のことをこう表現した）してきたのだと、なんと夫婦で医者に、それも蘭方医学の医者になるんだとかさ」

「聞いているよ、それで女のほうが勉強の成績はいいという話じゃないかよ」

「夫唱婦随ってゆうけどさ、文明開化は何もかもあべこべだねえ」

と豆腐屋の夫婦は噂した。

その縫の郷里は今でいう秋田市東根小屋町。明治一五（一八八二）年一月一九日、縫は裕福な家に生まれた。彼女の兄は当時、まだ珍しい弁護士で中西徳五郎といった。

縫も年頃になり、遠縁の阿仁合町字水無の山田徳治の長男、又蔵と縁結びをした。縫は一五歳、又蔵は一八歳であった。縫は利発な娘で、また常々、一五歳の若さにしてこの国の嫁や母親の社会的地位の低さを嘆き、医者になろうと心の底に秘めていた。そこで、兄、舅姑に数年をかけてしきりに訴えて、江戸東京に上り医師を目指すことを納得させた。

明治三六（一九〇三）年四月に夫婦相携えて出京したのである。

紙幅の都合でその他の何やかやは一気に省略して述べると、明治三七年には縫の勉学著しく一〇月には医術開業試験前期の合格者となった。

盲人の女性漢方医

私は秋田県の三種町で働くようになり、青森や函館が身近になった。最近、鹿角市の医師会懇親会で、若く美しい女医さんの隣に座る機会を得た。彼女はその日の研究会で堂々と発表し堂々と質問していた。私の母校の後輩になる彼女と話しているうちに、なんだか身の上話―母子家庭で苦学して―ホロリと泣きそうになる苦労を聴いた。

晩秋の会は暖かい空気に包まれ、お開きになった。いい気持ちで酔いがさめ眠りに落ちて行く寝屋の中で、明治時代の女医、草莽の女医さん達の足跡を思い出していた。

秋田市図書館や能代図書館の女性に苦労をかけさせて資料を渉猟した。すると明治維新の頃に能代上町に盲人の漢方医の吉田順養という女性が浮かび上がる。維新のころには既に二〇歳を越していたが苦学して、医師開業免許法制定後には秋田医学校の校長から鍼師の免状を授っていた。しかし、脈をとれば大学出の学士様でもかなわないと評判だったという。彼女は現在の能代吉田家の鼻祖である。

明治の女医・第一号

さて近代日本の西洋医学、女医第一号となったのは荻野吟子である。彼女の伝記は山田火砂子監督により映画化される予定である。

吟子氏は明治一八（一八八五）年三月に医術開業後期試験に合格して、同年に湯島で産婦人科荻野医院を開業した。三四歳の時であった。既に女医を志して一五年が経過していた。

振り返ると二八歳で東京女子師範学校（現・御茶ノ水女子大学）を卒業後は男装をして医学校に通い、卒後は医師国家試験の願書を何度も出すが、すべてお上の決まりきった対処の「過去に前例がない」と却下され続けた。しかし古代から本邦には女医がいたことを示す文献もお上に示して説得し、二年後に受験が許可された。ようよう許可された頃には応援してくれた父もとうに亡くなり、母はその前月に死去していた。

彼女は後に北海道で女性の権利運動にも携わるが、紙幅のため略す。彼女は出身県では三大偉人である。

医師国家試験

明治一七（一八八四）年に明治政府は国の医療制度を整える過程において、女性に医術開業試験受験を許可して、男性と同等の資格を与えることを認めた。上に述べたように荻野吟子がその年の前期試験に合格して、翌明治一八（一八八五）年に後期試験に合格、医籍登録され、ここに近代日本における女性医師の歴史が始まったのである。

実はここまでこぎ着けるのには吟子自身の制度改革への働き訴え、猛烈な奮闘があった。彼女はまず私立医学校の好寿院に入学して優秀な成績で卒業した。入学後も様々ないじめを受けての艱難辛苦がある。しかし当時には女医の前例がなくて、東京府に医術開業試験願いを提出したものの却下、さらに翌年も同様に却下され、続いて埼玉県にも提出したが、数度に渡り却下される辛酸をなめて、ようやく一八八五年三月に後期試験に合格して、同年五月に湯島に産婦人科荻野医院を開業し、三四歳にして近代日本の公許女医の夢をはたした。後に北海道に渡り社会改革にも活躍した。

俯瞰すると明治末までに登録された女性医師は、外国人を含めて約二四〇名である。

秋田県における女医の創始

山田縫《ぬい》のことにもどす。山田縫こそが秋田県の女性の開業医第一号である。明治一五（一八八二）年生まれで結婚後に医師をめざして夫の又蔵とともに上京、私立東京医学校で勉学し、明治三七年一一月四日に医師開業試験前期試験に合格した。明治四四年に後期試験に合格した後に、大正五年七月秋田市中長町

（秋田市中通三丁目）で念願の開業をはたしている。当時は女醫者と呼称された。

蛇足だが私立東京医学校は明治三七年には移行し、わずか六年間の開設期間に終わり幻の医学校となる。

縫は先に述べたが、秋田市東根小屋町に明治一五（一八八二）年一月一九日に生まれ、昭和八（一九三三）年二月二日にその生涯を終えた。大正五年六月の秋田毎日新聞に女医になった動機を、

「日本の母親が、子供から余り尊敬を受けておらないのは母に権威がないためである。自分も人の母として世に立つ以上は、なにか確かな職業を求めて活躍して生きていけるだけの道を構ぜねばならぬと、そうすると自然に子供の尊敬も受け女としての生き甲斐がある」

と話している。

そしてもう一人、秋田県の女医第二号となった石田オヲキノを忘れてはいけない。石田オヲキノ（ヲギノ―結婚後は佐々木と改名）さんのことを述べる。彼女は秋田県平鹿群増田町一七〇（現在）に明治二三（一八九〇）年に生まれ、東京女子医科大学を出身校とし、明治四四年一一月試験、医術開業試験に及第し第二八九七五号として登録、東京至誠病院、愛知県望月医院などで勤務した後に、昭和五（一九三〇）年群馬県高崎市で開業して、昭和一二（一九三七）年に死去している。この女性のことを調べているうちに、なんと森鷗外の「伊沢蘭軒」に遭遇し、また横手市出身の医家で文人の石田氏を知ることになった。

歴史探訪の魅力で楽しさである。

統計資料から

さて、厚生労働省の医師・歯科医師・薬剤師調査によれば、昭和四〇（一九六五）年の医師総数は九万

九二四一名で女性は一万一二八名の一〇・二パーセント、これが約半世紀後の平成二〇（二〇〇八）年には二三万四七〇二名中の女性医師五万一九九七名（二二・一パーセント）と倍増している。

私が秋田大学医学部三期生として入学した時は、入学者八六名中、女性は七名（八・一パーセント）であった。ちなみに秋田大学医学部創設時の女性の合格者は、同窓会名簿で見る限り一期生二名、二期生六名（卒業者名簿からで死亡者等は含めない）である。

時代は下り、平成二七年度の卒業生一〇一名中、女性は二九名の二八・七パーセントと増加していて、これまでの統計をまとめると、秋田大学医学部同窓会の平成二五年一〇月一日改定の資料によれば、これまでの医学部卒業者数三六〇八名中、女性は九〇〇名（うち二名は物故）で二四・九パーセントである。

秋田県全体でみると平成二八年度で医師数二三八四名中、女性は四三〇名で一八・〇パーセントを占めている（全国平均は二一・一パーセントで、やはり秋田は低い）。さかのぼると平成一〇年度の女性医師数は二三六名なので、かなりの増加である。この四三〇名を年代別にみると、二五歳から三四歳までが一三六名であり、それ以前も同様の年代分布なので女性医師の若年層（大半が研修医と思われるが）は増加しつつある。ただし、研修医となったその後は、かなりの女性卒業生が秋田県を去ってゆく傾向にあることは残念だ。

秋田高等女学校卒女医第一号

余談で追加しておくと、大正八（一九一九）年秋田魁新報の七月三日朝刊に、秋田高等女学校卒の遠藤清子が秋田高女出身としては本県で初めて医師国家試験に合格の記事が掲載された。清子は合格後に東京の有名な二、三の病院にて実地研修を積み、なお一両年は東京市で研鑽して帰郷開業予定とある。秋田高等女学校卒で医師試験に合格したのは彼女が嚆矢《こうし》である。

そして大正一二（一九二三）年一月二二日の朝刊に遠藤孝子、彼女は先の清子の妹であるが、医師国家試験に合格して後、目下、東京市西大久保で開業中の姉君と共に修行中とある。彼女らは秋田県雄勝郡岩崎町の遠藤寛氏のご令嬢である。遠藤清子は大正二年に秋田高女を卒業後に東京女子医専に入学して、医師国家試験に二三歳で合格し、帰郷しての開業予定とある。

明治時代から大正時代にかけて、秋田県出身で医師国家試験に合格した女性は、私が渉猟した限りでは六名、あるいはそれ以下と推察される。文献を能代市図書館や秋田市図書館で渉猟した際に、石田オヲキノのことを調べているうちに、かの森鷗外の歴史小説「伊沢蘭軒」に出会い、その小説に取り上げられている蘭軒の友人で、横手出身の医師であり文人の石田梧堂に突き当たった。

石田梧堂は当時、歌人としても知られていた。通称は石田巳之助である。現在秋田市の医師の〇〇さんの祖先にあたるのではないかなどと当て推量をしているが、これは歴史を追う者の楽しみである。

（二〇一九年）

参考文献

秋田魁新報　大正一二年一月一二日
秋田時事新聞　明治三九年一二月二一日
『能代のあゆみ―ふるさとの近代』北羽新報社、昭和五九年第二版
『能代史稿』第六号、能代史編纂委員会、昭和五六年第二版
『森鷗外全集　伊沢蘭軒』その二、精興社

厚生労働省統計

『山本組合病院五十年史』山本組合病院編集委員会、平成元年

労働省統計

東京女子医大資料

秋田大学医学部同窓会資料

そこに山があるからだ

梗概　安倍晋三総理が突然の辞任をした。彼は憲法九条改正論者だった。昨年（二〇一九年）一二月にテロリストに銃撃され死去した中村哲氏はアフガニスタンで活動していたが、その体験、国際貢献の観点から憲法改正や自衛隊海外派遣に反対だった。海外で活動する日本人のあり方からアジアでの日本人の活動や冒険とか挑戦ということを考えてみた。

夏の終わりに

秋田では夏の暑さもお盆までというが、今年は台風の北上もあって九月に入っても蒸し暑い日が続いている。

その八月の終わりに突然の熱いニュースが飛び込んできた。

安倍総理は七年八ヵ月の総理最長在任記録を二四日に樹立したが、八月二八日の朝のＮＨＫテレビニュースでは、総理の記者会見が夕刻五時にあり、そこで総理は職務継続を表明し、自らの体調にも言及するという内容であった。ところが記者会見が開始された途端に、突然の辞任意向の発表となり、早くも三一日には秋田の湯沢出身の菅義偉官房長官が次期総理の有力候補に取りざたされている。菅氏は私と同年代であり、まことに嬉しい。さて、安倍総理は憲法改正に意欲的だった。しかし集団的自衛権行使は立法化できたが、本来の念願は果たせぬままの辞任で拉致問題も含め残念無念の会見だったろう。

その憲法九条をめぐる政流の速きことに驚愕しているうちに、団塊世代の私に妄想が湧いた。戦争を知らずに生まれ、多分戦争を知らずにあの世に行く我々は、何だかんだと言っても憲法九条は私たちに恩恵をもたらしていると思っている。

登山家医者

春の夜に知人のS先生に電話を入れていた。彼はかつて会津若松市時代の私の上司であった。S先生はT病院に外科医として勤務する傍ら、しばしばヒマラヤに登山していた。当時は医者でヒマラヤ登山していた人たちは珍しくなかった。

その電話の中で中村哲氏のことに話がなんとなく向かう。中村先生はマグサイサイ賞やアフガニスタン国家勲章、旭日双光賞など多数の叙勲で国の内外から評価を受けている。先生は九州大学卒の脳神経内科医師で一九八四年以来、日本キリスト教海外医療協会から派遣されてパキスタンのペシャワールに赴任し、医師としてハンセン病などの医療活動の他に治水、灌漑事業や学校建設などで活躍していた。

彼はまた登山と昆虫採集が趣味であった。一九七八年、七千メートルの山ティリチミール登山隊に帯同医師として参加した。

その頃に中村先生はS先生と会った。

「もう四〇年以上前のことだがね。中村さんとはカトマンズのミセスデービスホテルで会ったよ。

俺は高山病にやられて、もうふらふらで下山してきて、ホテルで一人でいた彼に会った。彼のことは以来、日本に帰ってからもよく注視しているが、決してまじめ一途な人ではない。普通の人でしたよ。もちろん後にペシャワール会なんか立ち上げて、パキスタン、インド、アフガニスタンの国境地帯で仕事、医療活動をしているわけなので、一般的な日本人とは異なるなにかを持っている人なんだろうけどさ」

中村氏は普通の人……それをS先生は何度か強調した。

「デービス・ホテルは登山家がよく利用するホテルで、俺も中村さんと共に国境地帯のカイバル峠やペシャワールにも連れて行かれて一週間ほどいた。

食事は毎日同じメニューでなあ。アフガンやパキスタンでは肉はだめだが羊肉は例外、でも羊は美味くなかったな。特に羊の肺は今でも覚えているが全くまずかったね。鳥は動物でないからチキンはよくでた。面白いのは牛肉は禁止だが水牛肉となると時々食べていいことになっていた。主食は所謂ナンのプランタ、キャパティ、洋風のトースト、卵料理はスクランブル、サニーサイド、ボイルドエッグ、フライドと選べる。イスラムはアルコールはだめだが外国人には出していた。ホテル代は二食付きで、あの頃一五〇〇円だったよ。

アメリカの観光客用のホテルでも六千円から七千円かな。現地人は素泊まりの宿屋を利用していて一泊五〇〇円くらいか。俺たちはポーター、そう、シェルパは日当千円で雇っていた。食事は本人負担です。大体シェルパという名付け親はイギリス人達ですよ。荷揚げ用人夫で、彼らにはイギリス流の厳しい主従関係が叩き込まれていたんだが、俺たち日本人は東洋人というので接し方は親密なものもあったが、それでも契約はちゃんとしていて、金の支払い、時には現物支給などで揉《も》めることは稀ではない。

ヒマラヤ登山には高山病がつきものだから、エベレスト登頂にはシェルパが向いているのじゃないかって、それは全く違うね。確かにカトマンズ一帯は高地かもしれないが温暖な気候にある。しかしホテルから少し登れば氷河だね。現地人の生活域はせいぜい二千メートルくらいだろう。石鎚山の標高は一八八〇メートルでカトマンズの標高は一四〇〇メートルあるが、五千メートルから八千メートル級の山となると全く違うね。

五〇〇〇メートルで酸素は地上の二分の一の薄さとなり、七五〇〇メートル以上では三分の一だよ。低酸素は肺水腫や脳機能障害をおこす。目も見えなくなるよ。ベテランクライマーだって高度順化できない場合があるよ。おれも中村さんに会った時はふらふらになり、一人登山隊から外れて下山してきたのだ。一般的に当然チアノーゼ、眠気、視野狭窄、食欲の低下、吐き気、不眠、頭痛が出る。

あの頃は明大山岳部の植村直己、東京女子医大でＪＥＣＣの今井通子、同じくＪＥＣＣの加藤保男なんかもまだ駆け出しでさ、彼らも登山病には悩まされたんだ」

訃報記事

ニュースがコロナ騒動で埋められて、その人の死はまるで目立たなかったが、秋田魁にも紙面を広く取り写真入りで伝えられた。

今年三月二七日に加藤滝男さんは脳出血で七六歳の生涯を閉じた。彼は長年にわたり山岳ガイド、ハイキングガイドとして日本の内外で活躍した、知る人ぞ知るＪＥＣＣ（ジャパン・エキスパート・クライマーズ・クラブ）の代表である。

一般には、あのプロスキーヤー三浦雄一郎氏のミウラ・ドルフィンズのスキーコーチでもあったと、紹介すればわかりやすいか。

一九六九年にはＪＥＣＣのメンバーで実弟の加藤保男、東京女子医大の今井通子氏などと自身をいれて六人でアイガー北壁から山頂までまっすぐに登るルートを開発した。このルートは「赤い壁」と呼ばれる難所を通るルートで、後に日本直登ルート Japanese Direttissima と名付けられた。

このＪＥＣＣのことに触れる。今井通子氏が大学の五年生の時に自ら中心になっていた東京女子医大山岳部で基礎的な岩登り訓練を導入しようということになった。その時に加藤滝男氏が講師として招かれ、以後、彼の指導の下に東京女子医大の山岳部は岩場や氷壁のアイゼンワークも学んだ。

一九六四年六月に加藤氏が第二次ＲＣＣ欧州アルプス登攀前日本合同隊員に選ばれたのを機に、加藤氏に代表を委託してＪＥＣＣを立ち上げたのである。

天才クライマー加藤保男の挑戦

さて本筋に入るが、滝男さんは加藤保男氏の実兄である。加藤保男は無酸素登頂で知られるラインハルト・メスナーと並び世界最高の登山家として私は二〇歳前後の頃からよく知悉していた。

加藤保男氏は私より四ヵ月遅れの一九四九年三月六日生まれで同世代の親近感もあった。

彼が私の記憶の底に深く沈殿していたことが別にある。

忘れられない言葉があった。ＮＨＫのテレビ番組に長谷川恒夫氏その他の若手登山家とともに登場していた時に、彼は「エベレスト南壁の厳冬期登頂、あれは絶対に不可能だ。人間には出来ない。あれが出来たとしたら……」とその番組では終始控えめだった。彼は口から泡を飛ばすように興奮気味にしゃべっていた。私は珍しいことをいう冒険家だと思った。普通の登山家、冒険家なら大体こういう否定的なことは言わない。人間の限界を示した一言は、何かしらどこか哲学めいており、私はほうと感じ入って画面を眺めていた。

しかしその数年後に、彼はその不可能なことに挑戦したのである。

彼は兄の指導の下に一七歳で登山をＪＲＣＣ（日本ロッククライミングクラブ）で始め、一八歳で（後に日本直登ルートと名付けられた難所を通る）アイガー北壁直登攀に兄たちと共に成功した。このため一躍、名が知られて世界的なクライマーの仲間入りをする。

二四歳で一回目のエベレスト登頂に成功した。一九七三（昭和四八）年一〇月二六日のことである。これはポストモンスーン期、日本でいえば秋季にあたる時期で、ネパール側の東南稜から登頂した。そしてその若すぎる死までに、三度のエベレスト登頂を果たすのである。エベレスト春、秋、厳冬期と三シーズンの登頂は世界初で、ネパール、チベット両側から登攀しているのも世界初である。

私が、彼が本当に凄いと感じるのは、最初のこの登頂で足の指全てと右手の指三本を失い、以後の登山は重度四級の障害者としての挑戦だったからである。手術の八年後に三回目の厳冬期一二月のエベレストに挑んだ。

世界で一番高い場所で

ロイター電によると、エベレスト初登頂のヒラリーはニュージーランドで、エベレスト単独登頂後に下山中だった加藤氏の訃報を聞いて「偉大なチャレンジャーだった。……加藤氏の三回のエベレスト登頂の中で、今回が一番感銘を受けた」と語った。

一九八二年一二月二七日午後三時五五分、ネパール政府公認のエベレスト厳冬期初登頂に成功して世界最高のサミッターとして栄光の頂点にたった。マロリーたちの死から一九八三年までの集計で遭難死亡者は六九人に達している。

この登頂は同時にBC（ベースキャンプ）建設から登頂まで二五日間の異例の短期登頂であった。

加藤は両足の指全部と右手の指三本切断の重度四級の障害があった。しかし、元来の欧米人と比べて引けを取らない体格と運動神経、強靭な精神力、闘争心を持ち、これが最後の劇的な成功を呼び込んだ。

下山途中に氷点下四〇～五〇℃、四〇～五〇メートルのジェット気流の中を、八七五〇メートル付近で小林隊員とビバークを余儀なくされた。隊長も兼ねていた保男はその夜BCと「明日七時に連絡しよう。俺たちは風が強くどうせ眠れないが、お前たちは寝てくれ。……それじゃおやすみ」と交信した後消息が絶たれた。それから三晩が過ぎて遭難死は間違いないとの連絡が大晦日に大宮市の両親のもとに届いた。

「やっちゃんは人生最高の時に亡くなったのよねえ」。当時の今井通子氏は語っている。その死の翌年に大宮市（現さいたま市）から市民栄誉賞第一号が贈られ、平成二（一九九〇）年には小惑星五七四三が「加藤」と命名された。

（二〇二〇年）

天、共に在り　―中村哲先生のことば―

カトマンズ・ミセスデービスホテル

私は中村哲先生とは面識は勿論、特段の関係はない。アフガニスタン問題がマスコミで取り上げられるようになって、そう十数年前から認識された。

トラクター姿の先生の姿がテレビやネットに頻繁に放映されるようになると、非常に彼の姿に引き付けられた。中東の砂漠の用水路建設での彼の仕事ぶりもだが、私はよりその風貌、その眼に吸い寄せられた。異様にと思われるほど鋭い視線を放ちながら、深く、静かで同時に悲しげにも思える両眼。私は偶然の機会、知人の開業医に電話した時から先生を身近に感じて、かなりの著作を購入し速読した。そしてあの視線の意味がわかったような気がしている。

一月か二月の冬の夜に埼玉県上尾市に住む開業医のS先生に電話した。

「僕が彼、中村さんに初めて会ったのはミセスデービスホテルだったよ。そう、チベットの首都カトマンズで当時から登山家にはよく利用されているホテルだ。カラコルムを目指していた頃かなあ、山からホテルに戻るとロビーでばったりと会っちゃって知り合いになった。それから、彼にはいろいろカブールとかペシャワールとかのあちこちに連れて行ってもらったよ。生まれて初めて馬に乗せてもらったなあ。乗馬したのはカイバル峠で、突然馬が走り出してさ。あの時は困ったよ、俺、止め方知らなかったんだもんなあ。ウハッハッハ落馬しちゃってな」

中村先生の死後一、二ヵ月後に、たまたま別の用件で、会津若松市で外科研修医であったころの先輩格にあたるS先生に電話したときに、偶然話が中村先生のことに落ちた。

S先生は会津若松市のT病院外科に昭和四〇年代後半から勤務していたが、時々半年程度の休暇をもらいヒマラヤの登山を繰り返していた。もちろん今の時代では考えられないことだ。当時の外科部長で後に院長、理事長を歴任したY先生も独断即決で給料は勿論、家族のいた宿舎もそのままお構いなく彼はヒマラヤ登山を数年間、楽しんだ。

「彼はさ、当時は普通の登山家で、特に政治的な関係は全くなかったなあ。俺もアフガニスタンには連れて行ってもらったが、政治的な話はしたことはないよ」とS先生は続けて、その電話は終わった。

ヒンズークッシュ山脈の予感

まず中村先生の著作、『天、共に在り』や『ダラエ・ヌールへの道』から先生の言葉を抜き出してみる。

事実は小説よりも奇なり、というアフガニスタンやパキスタンに縁もゆかりもなかった自分が現地に吸い寄せられるように近づいていったのは、決して単なる偶然ではなかった。しかしよく誤解されるように、強固な信念や高邁な思想があったわけではない。（中略）赴任までの経過を思うとき、生まれ落ちてからすべての出会いが、自分の意思を越えて係っていることを思わずにはいられない。

（中略）

一九七八年六月、私は福岡の山岳会（福岡登高会）のティリチ・ミール遠征隊に参加して初めてヒンズークッシュの山々を眺望した。その山脈の西カラコルムでの最高峰が七七〇八メートルのティリチ・ミールでアフガニスタンとパキスタンをへだてる美しい山である。一九七九年一二月家内と共にカイバル峠の国境の町トルハムに立った時、間もなく「ソ連軍のアフガニスタンの侵攻ニュース」を聞いた。

その時、家内は私の心中にある何者かを直感的にかぎ取ったのか、私にたずねた。

「まさかこんな所で生活することはないでしょうね」私は「何をバカな」と打ち消して笑った。

その三年後にペシャワール・ミッション病院の院長が日本人医師に派遣を要請した時この要請に応ずるハメに陥った。この時「あそこはまんざら知らない所でないからね」と平然と述べたのは家内である。

私は秋田県内、県外を問わず、中近東にて数年間、医療活動に携わった方々を少なからず存じ上げている。彼らの言葉は次に集約できると私は思う。

「医療活動よりもまず飲み水、下水、住居なんかのインフラ整備が先でしたね。インフラのしっかりしていない所で、まして戦闘状態にある地域での医療に出来ることの限界はすぐにわかりました。……」

中村先生の生い立ち

中村先生は昭和二一年九月、福岡市に生まれた。先生の祖父、玉井金五郎は現在の北九州市にあたる若松市で石炭を業の沖仲仕組合「玉井組」を立ち上げ、その興隆期を小説『花と竜』で描いたのが火野葦平である。葦平は金五郎の長男で中村先生の伯父にあたる。中村哲先生もその数多くの著作とアフガニスタンでの三〇年にわたる活動の評価で、城山三郎賞、山と探検文学賞、菊池寛賞、福岡アジア文化賞などを受賞している。

付記すれば、大方のマスコミでは中村哲先生がガンベリ砂漠に建設された、マルワリード用水路建設をした医者とのみ記憶されているのは残念でならない。

先生の目指したものはもっと大きく、そしてその苦悩は深かったろうに。

先生の文から引用を続ける。

私たちはパキスタン北西部のペシャワールとアフガンとの国境の町で活動を続け、最近ではシャララバードというアフガニスタンの国境の町にも拠点をおいて、医療事業と水源確保事業を進めています。

九年の歳月をかけて「安宿」は「病院」らしくなり大方の「ライ合併症」はペシャワールでこなせるようになった。これもライ根絶計画の上では大きな成果ではある。しかし現地では「医療」とは思えぬことに大部分のエネルギーを費やしてきた。……

日本人の目は西欧を向いている。自分を西欧諸国の一員とさえ思いこんでいるように見える。だがこの世界観はほんのここ一世紀、文明開化とともに我々の脳に移植され、戦後教育によって強化されたものである。我々のアジア観はたいていヨーロッパからの借用である。中央アジアは国境線、地図ではみえない文化圏があり、イスラム自体が一種のインターナショナリズムを基調としている。中央アジアの文化圏の彼らにとって、国家とは付け足しの権威であり、自分の生活を律する秩序とは考えられていない。日本人にはこの事実がなかなか伝わりにくい……。

先生の活動は広く、先進国の外国人が現地の風習や文化を理解しないための衝突や、結果としての事業の失敗、欧米の国際機関や人権機関への批判や憲法九条のあり方などを含めて広範囲で深いが、その中で以下の言葉を転載して終わりとする。

「その主なものがいかに現地を理解するか、ということです。これは医療ではどこにおいても重視されるべきことで、アフガニスタンに限ったことではありません。……患者の気持ちがわからないと臨床医療は成り立ちません。どういうことが嬉しく、どうして欲しいのか、どういうことが悲しいのか、どういうことで怒るのか。こういうことがわからないと私たちの仕事は進まないわけです。……。本当にこの患者のことを心配しているのなら現地でその生活の中での彼らを診てください。ということなのです」

この稿ではひょんなことで人生が変わり、現代の不安と向き合い闘争した人のことを書いた。

（二〇二〇年）

参考文献

中村哲『天、共に在り』NHK出版、二〇二〇年、第一二刷
中村哲『アフガニスタンの診療所から』筑摩書房、二〇一九年、第五刷
中村哲『アフガニスタンで考える国際貢献と憲法九条』岩波ブックレット№六七三
中村哲『ダラエ・ヌールへの道』石風社、二〇一〇年、第五刷

忘れえぬ人々　―礼文島の夏―

私の心旅

マルチタレント、ビートたけしの番組で久々にその人の現況を知った。

今年（二〇一九年）もあと一ヵ月余りのある夜、家内が「テレビでM先生のことを放映しているよ。『たけしの健康エンタテイメントの名医』なんとかの番組」というので、郷里、高知の高専卒後五〇周年同窓会、先祖様の墓参りなどなどから帰ってきたばかりで、ソファで一息入れていた私はスイッチを捻った。年賀状でおなじみのM君が少し白髪は殖えたが忙しそうに病院のあちこちを歩き、時折、患者さんに声掛けしながら診察していた。あの時の診療所は予想以上に最新機器を備えた立派な病院に変貌していた。日本最北端、最果ての島で、ほぼ四〇年間一人で医療に従事しているM君ことM先生は、私にとり生涯忘れえない。

医学部の一年後輩になるM君とは、秋田高校近くの新藤田の下宿で半年ほど寝食を共にしていた。下宿には他に鉱山学部の学生が二名、秋田高校を受験する高校生が一名、私の同窓生が一名いた。

彼は入居する際に、御母堂その他数名の親類と共に私の部屋を訪れて丁寧な挨拶を、下宿のおばさんや鉱山学部のHさんの前で特徴のある微笑と共に、やや含羞を込めて頬を赤らめながら訥《とつ》々とした。短い挨拶だったが途中で言葉に詰まったか、彼は頭に手をやって「だめだなあー」と微苦笑した。その時に私は彼の純粋さに、心が震えるほどの感動を覚えていた。

M君は礼文島の出身で現在、島には七〇歳を越した老医者が一人しかいなくて、そのために彼自身が医者を志したという。島の人たちの応援も受けて函館の高校を卒業し、めでたく今年、秋田大学医学部四期生として入学となった。彼の両親だか祖父は秋田の出身でそれで秋田大学を選んだとか、おおよそそんな話を訥々と特徴のある笑みを欠かさずに、ややはにかみながら、凝視にちかい視線をそらさずに語った。

礼文島出身の医師にはもう一人いる。新生児呼吸窮迫症候群の治療に使用される肺サーファクタント製剤の開発者の藤原哲郎先生。当時は秋田大学小児科の助教授で、それも彼が秋田を選ぶもうひとつの理由のように聞いた。M君のその後の島における業績は藤原先生にも劣らないだろう。藤原先生は後に岩手医大の教授に英進された。

最果ての島医者

M君はしかし、控えめでやや誇張すれば女性的な印象の人だった。だからその時の私には、この人が孤島での一人医者としてやっていけるのだろうかという、かすかな懸念があった。M君の活躍はそれまでも散発的にもたらされていた四期生からの知らせで知りえていたものの、その疑念はテレビ番組で証明された通り、見事に裏切られた。

M先生は一時期病魔に襲われた。平成のある年に定期診察加療のため秋田市内の病院に短期入院していたM先生と久しぶりに会った時、自らの手で自身のリンパ節生検をしたと聞いたときには、私は本当に驚いた。私は外科医の経験もあるが出来ない。ご本人はさらりとそれを何事もなく、驚くほうがおかしいというような表情で平然と語られた。

M先生は真に外柔内剛の人である。私は初対面で不明にもそれがわからなかった。

彼との初対面から半年後、私は解剖学その他の講義が医学部で頻繁に行われるようになったため、新藤田の下宿から広面のアパートに引っ越した。

以来、学生時代は彼とは臨床の合同講義中に顔をたまに合わす程度で終始した。ただ、年賀状のやり取りは欠かしたことがなく、また数年前に病院にＣＴやＭＲＩを設置した時の医療雑誌を送ってくれたりして、状況は詳細に知りえた。

二〇一七年元旦に届いた年賀には「離島医療三〇年目で一〇月には島医者という写真集が出されました……もう少し頑張りたいと思います」と記していた。

オホーツク気候

いつの間にか暗闇は姿を消し、眩しく強烈な日の光が車窓の隙間から一筋さしこんでいる。がたんと体が揺れて、私は稚内駅にブルートレインのオホーツクで着いた。貨物車のような寝台車の窓から侵入する光は明るく透明で眩しい。小さいナップザック一つを手にしてタラップを降りると驚いた。陽光は強烈なのに寒気がする。涼しさを越えた冷気をＴシャツからはみ出た二の腕に感じた。ああ、これがオホーツク気候かと旅人に還った。そのまま駅隣の港に向かった。北海道では礼文―「れいぶん」と呼ぶより「れぶん」と発音していた人が多いその島に向かった。

大学卒業後、昭和五〇年代の終わりであった。日本が高揚しバブル期に向かう時代の夏、私は礼文島行きのフェリー船中にいた。フェリーは予定時刻より二時間ちかく遅れて稚内港を出た。船内で二人の幼児を連れた、ややしもぶくれで、某女優に似た色白の女性が、不意に子供たちの相手をしている私に「にいさんも食べるかい」鰊や棒鱈やかすべなどの干物を数本手渡した。

甲板から眺めた海は鮮やかなインクを溶かしたような、深い群青色の大波で巨大な腹をゆったりと揺すっていた。

冷たいほどの潮風を浴びている私に「ほんとに綺麗でしょう。沖縄はコバルト・ブルーで透明ですがね……」とサングラスをかけた三〇代の白いジャケットの男が隣で話しかけた。「礼文の海と沖縄の海、これが日本では一番きれいですよ。もう数年で汚染されるかもしれませんが……。私は旅を商売にしていますので年中、日本中を旅しています。沖縄にはあなたも一度行ってみるといいです」。そして翌年の正月に私は沖縄の与那国島、日本最南端の西崎岬《いりざき》で釣りをしていた。

その夜、M君の自宅に泊まった。ご家族とともに夕食のウニとサッポロビールを味わった。深夜、広い窓を開け放して夜気を肌に受けながら、遠く闇の沖合に点滅するイカ釣り船の漁火《いさりび》を生まれて初めて四国山脈山奥の出の私は眺めた。窓から顔を出すと波が真下の岸壁を洗い、浅い海底に敷き詰められた養殖ウニが月光をとおして眺められた。

スコトン岬のトド

M君は島の案内をまる一日かけて付き合ってくれた。その頃は今みたいに忙しくはなかったのか、あるいは上に紹介したもう一人の医師がご健在だったのかもしれない。加えて出身医局の秋田大学第一外科の先輩や同僚が、時折応援に来てくれているというようなこともあると言った。M先生は卒業後は第一外科に入局して高橋教授以下の支援もあり、外科はもとより、内科、産婦人科、小児科等の研修を一〇年近く履修して帰島した。

町立診療所や自宅のある港からやや丘を登り、それから少し南下して猫岩のちかく、今は北のカナリアパークになっている地点から北に進路を変えた。島の中央部に位置する礼文岳を過ぎるころに、私はやや喘ぎながら「流石に昨日も今日も犬一匹見かけないね」「ええ、キツネも野犬も駆除していますから、……今は礼文にはエキノコッカスはいません。犬も猫も飼ってはいけないことになっています」

礼文島で最初のエキノコッカス症は一九三六（昭和一一）年に小樽在住で礼文島香深村出身の二八歳の女性である。もう日本にエキノコッカスなどないと私は思っていたが、二〇一八年に愛知県で野犬の糞からエキノコッカスが検出されている。

「冬は勿論、全般に礼文の天候はよくありません。それにしてもこの島では、こんないい天気は一年に一、二度しかありませんよ」と彼が何度も驚嘆したくらいの晴天で、四方一面、日本海上空には一切れの雲も見いだせなかった。海も空も優劣のつけられないブルーに輝いていた。冷気の夏のお盆の頃であった。

その島は花の浮島とも称されていて、三〇〇種にもおよぶ花が道行く丘陵を覆っていた。あれがレブンアツモリ、これがレブンキンバイといちいち指して時折紹介してくれた。

午後三時を回る頃に島めぐりの最終地についた。最北端スコトン岬の崖の上から、初めて見たときには岩が動いていると見間違えた数百匹のトドの群れと鳴き声の合唱に、私は恐怖さえ覚えて瞠目した。岩礁を覆い隠してしまう巨大で無数のトドの親子たちの群れに、私がしばらく見とれていると、不意に彼は崖の上の大きな西洋風の堅固なつくりの一軒家を指した。

「あの家の娘が私の小学時代からの同級生で、彼女が私に医者になるといいと勧めました」と言った。

赤い糸

それから数年を経た、正午近くのある飛行場―千歳か羽田か記憶が判然としないが、着陸して乗客がぞろぞろと機内から降り始め、私たち家族も入口に移動していた。その時気づいた、タラップに足をかけていた彼と同時に視線があった。

「黒川先生、どうしてここに」

「いや高知に還る途中で」

「そうですか。私は家族と共にこれから礼文に帰る途中で、次の稚内の便にのります」

そして下のほうの母子三人を指さして「あれが、ほら崖のところで話した女性で……今は家内です」

あっと思った。

「お子さんは二人ですか」「そうです。黒川先生は」「三人。男二人女の子が一人」

じゃあね、と混雑する中を足早にタラップ下で別れ、彼らと私達は別々のバスに乗り込んだ。

その時の幼児の一人が、今は立派な医師としてテレビに映っていた。秋田赤十字病院で父と同じように、一人で全科の家庭医となるため研修中で、来年四月には島に帰り父親とバトンタッチをするという。私たちが出会った年齢をもうとっくに互いの子供たちは越した。次の世代への引継ぎは令和だけではないのだ。

（二〇二〇年）

Ⅳ　芸術の散歩道

伊兵衛の「秋田おばこ」

プロローグ

あれから、もう四〇年にもなる。南国の郷里を離れて、秋田の大学に入学したばかりの私は北国の四畳半の下宿で初めて経験する寒い春、ある写真集の一枚に見惚れていた。

写真の農婦姿の美女は、りんとした品格のなかに妖艶さも漂わせている。彼女は三〇代半ばの二、三人の子持ちの女性に思えた。遠くを見詰めるまなざしは気品に満ちていたが、どこか宙に浮いたような視線と眸《ひとみ》に私は惹きつけられた。奥羽山脈を背に、夏の田に立つ姿に感動した。しかし、ふと小さな疑問が湧いた。

それは「モナリザ」とか、フェルメールの「青いターバンの女」の視線とは違っていた。その美女は「秋田おばこ」にしては一向に農婦らしくない。そればかりか日本人らしくもなかった。

写真1

その写真は既に定評が確立していた日本の代表的な写真家木村伊兵衛の作品であった。木村の代表作となった一枚。しかし、その一枚はそれまで発表していた彼の浅草の芸者や女優の写真集とはかなり趣が異なっていた。

その趣、私の小さな疑問は、それから四〇年間胸の奥に沈殿し続けた。

エイプリルフールの不思議な展開

私は四〇年以上も前、バブル期の頃に見た、その写真のことなど完全に忘却していた。ところが、二〇一二（平成二四）年の四月一日の朝、たまたま眼にした秋田県在住の地方カメラマンのことを書いた新聞連載記事に、いきなり、その女性の素顔が表われた。私が研修医時代もとおにおえて、秋田県の病院に勤務していた同年「秋田おばこ」の巨大ポスターが銀座に張り出されていた。

撮影から半世紀を遥かに超して、写真は高知市の梅原真デザイナーに脚色されて、縦九メートル、横三三メートルの巨大な広告に変身した。秋田県が予算一八〇〇万円を投じて東京銀座四丁目交差点に九月一〇日から「秋田県ユタカな国へ、あきたびじょん」ともじって掲げられた。「秋田おばこ」に変身した洋子さんの残像は、まだ終止符を打たない。

そういうことだったのか…。数十倍に拡大され、巨大なポスターとなったその女性の、大きな視線を追いかけながら思わずうなずいた。私

写真２

のなかで、長年沈殿していた疑問の一枚目の屏風が取り払われた瞬間である。そして、記事の一部が、新たな疑問の一粒となった。

その年の一〇月の晴れた土曜日の午後、大仙市の公民館のＳＹ絵画展覧会へ向かった。昔ながらのＹ字やＴ字路の狭い道路でせわしくハンドルを左右にきり、のろのろと目的地に接近していた。クリーニング屋、電気店、金物屋、石材店、乾物屋、種苗店、呉服屋、自転車屋、金物屋、時計屋と長い黒塀に沿った商店街をやっと抜けた。

公民館の狭い駐車場は既に満車であった。館内に入ると、そこは昭和を遡るタイムマシン、その女性を巡る旅の乗車口であった。

偶然にも、そこで数人の男女と出会うことで、私の「秋田おばこ」の追跡は遠くロサンゼルスにまで広がった。そして予想外の彼女との縁も解かれた。

「秋田おばこ」のモデルは三八歳で、結婚後の一九七一（昭和四六）年に渡米していた。彼女はロス・アンサンゼルスで児童画家八島太郎氏に師事して真摯に絵筆を人生の終焉までとり、膨大な作品を残した。そのスケッチを含む絵画約四〇〇点が、偶然の一本の電話の糸に引き寄せられて、この八月に郷里の公民館に戻ったのであった。

私は梱包から出されたばかりの絵画やアルバムの「バレエ・ダンス教室」の記念写真に見とれているうちに、隣に佇む白髪まじりの男性と言葉を交わすことになった。

「あの写真の魅力ですか。それはやはりなんといっても眼だすべ、視線だすべなあ。撮影の時は視線がなかなか合わなかったようです。洋子さんは眼が特徴的で母親も綺麗な人で同じような眼をしていて、洋子さんに見詰められるとなあ…。バタくさいってゆうか、顔だちも彫りが深くて日本人離れした綺麗な人でした」。示唆されてみると展示された写真の数枚の左目が少し内斜視であった。「洋子さんは心の広い、気さくで大らかな人でしたよ。父親は銀行員で当時はまだ珍しかった自転車で通勤していました」と、彼女の親類だというその男性は写真に見入りながら断片的な記憶を語る。

「私の父に電話がきて『ハロー　ハロー　ジスイズヨーコミカミ　スピーキング　あたしです。よー子です』で始まるのです。『よー子ちゃんか。帰ってきたの』『もう帰っていますよ』で、おどけた滑稽なこともする人でした。写真もここにあるほか、足を挙げて踊ったりしたお遊びモノもあります。あの写真だけの娘じゃないです」。「洋子さんの父親の弟が私の父です」というその男性Fさんは、断片的にはるかな記憶をぽつぽつと語った。

私が自己紹介すると「なんと、その、あんたの職場で、この洋子さんの弟の嫁さんは事務員として働いていたはずだすべよ」。私は一瞬絶句した。「あの五、六年前に、たしか平成一七年だかに突然亡くなったあの方ですか。私はその日は非番でしたが、偶然に救急室近くにいて女性が危篤で搬送されたことは知っていましたが」。私の外来で事務員をしていて、彼女が亡くなる直前までの二年間、朝夕のわずかな時間だが、会話も交わしていた。

そんな話題のあと、洋子さんの「秋田おばこ」姿の、最初の撮影者である大野先生に触れた。

Fさんは眼を少し丸くして「大野先生は大曲の黒瀬町に住んでいますよ」と指を窓外に向けた。私の心臓は止まるかと思った。勤務先から自転車で一分もかからない黒瀬町。そこで、もう一枚の屏風が倒れた。

「洋子さんは普通の人でしたよ。気さくな方で。米国からの電話でも『今夜の晩げ、何食ってら』で始まりました。『コロッケと刺身ッコ、だ』と、このあたりでは返事するんだが、いずれ気さくな人だった」とFさんは繰り返した。

退室の時間も迫り私は帰ろうとした。公民館の玄関広間は大勢の中高年の女性を主体に入場者たちで混雑していた。そのうちの一人に「あら、まあ」と呼びかけられた。私の勤務する病院の厨房に六、七年前まで勤務していたBさんだった。「えっ、貴女はどうしてここに」「私は昔、洋子先生からモダンダンスを習っていたのですよ。先生こそどうして」。

ダンス教室の弟子の回想

Bさんの話は続く。

「洋子先生は美人だけど秋田美人のタイプではないっすなあ、『秋田おばこ』っていう感じじゃなくて、日本人ばなれしたエキゾチックな方でした。秋田美人は色白で丸顔で一重まぶたで切れ長の目の女を言うっす。洋子先生は二重まぶたで彫りも深く日本人離れしたエキゾチックな方でしたよ。お母さんも美人で洋子さんは母親似です。お父さんも美男でした。洋子さんは気品もある先生でした。石井漠さんの舞台を見たのがきっかけで、漠さんが洋子さんの最初のお師匠さんです。でも洋子先生からはあたしたちはバレエでなくてダンスを習いました。発表会ではストラビンスキーなんかもやり、衣装もお化粧も本格的なものでしたよ。角間川だけでなく角館や何カ所かで教室を開いて、銭湯の鏡の前でも教えたことがあるようでした。時々は高校の代用教員もしていました。公民館や小学校やら借りて。でも練習場所がなかなか確保できなかったみたいで結局上京したんじゃないでしょうか」

「秋田おばこ」の実家は筆者の住宅から車で二〇分とかからぬ場所であることを教えてくれた。

展示されていた相当に傷んだアルバムには、大勢の子どもたちや父兄に囲まれて、中心に彼女がいる。米国でも洋子さんは猫、犬、ウサギ、鶏、金魚と大勢の生き物を飼った。

「こうして写真をじっくり眺めると浴衣姿の洋子先生は髪型もショートカットで、オードリー・ヘプバーンが和服をきたような感じでしょ。こちらの手ぬぐいを被った農婦姿はもうエリザベス・テーラーがポーズしている様で、先生はアメリカ人みたいですね」

ダンス、バレエの発表会の記念写真を除くと、多くはBさんも初めて眼にする写真であった。「でもあの写真ですけどね」と「秋田おばこ」を見上げ、「秋田ではあんな菅笠はしないですよ」。屏風がまた一枚除かれた。

笠を被せて彼女の理知的な白く広い額も、くっきりした眉も柔らかい睫《まつげ》も隠しておいて、口唇を映像の中心に、焦点は眼に合わせて、定石通り左上からレンズを向ける。目下にかすかに影をつくらせ、ふっくらした顎を笠の藁ひもで縛り上げて木村伊兵衛得意の浅いスナップで撮る。スナップ写真というより肖像絵画である。

私たちはアルバムに見入る。両親とのお寺参りの次のページの一枚に、私は息をのむ。青春の美は威厳さえもただよう美に変化していた。ホテルの一室で大女優が休息しているかのように、深紅のブレザーに白いパンタロン姿で、大きなソファーに身を沈め放心したような視線を窓にじっと投げている。カリフォルニアの日の光の中で洋子さんは何かを瞑想している。渡米してからまず彼女は大学、UCLAロスアンゼルス校に入学し、水泳教室インストラクターの資格を取得して、かつてバレエ・ダンスを教えたように子どもたちに教えていた。

「洋子さんはスケッチも素晴らしいです。この猫なんかとても可愛く描けていて」

「でも後ろ向きの猫も大分あるようだね。木村伊兵衛の『秋田』に馬のお尻だけを大きく撮影している写真があるが彼女も感化されたのかな。三匹の子豚、七匹の子猫たち、五匹の犬、彼女の孤独も伝わってくるようだなあ」

私は彼女の写真の中から二枚の農婦姿を見つけ、木村伊兵衛の足跡を発見した気がした。「この上京前と思われるスナップなんか綺麗を抜けて妖艶な表情をみせているわよね」。

そういうBさんの肩越しに、こちらに微笑みかけてくる中年の男女がいるのに気づいた。面識がなく会釈のみ交わす。縁の糸が次々に私にからみついていた。

次の週に偶然、勤務先の病院の廊下でその時の女性李さんに出会った。瞬間に化学反応がおこり、次の屏風が除かれた。

三五年間に描かれた四〇〇点にのぼる彼女のスケッチと油絵は、八月に郷里の公民館に届いた。きっかけは大仙市の地方新聞の支局長が掲載した、ある小さな記事だった。

モデルとの縁はないが、同郷の女性Sさんがその記事を偶然読んだ。そして記事の内容をロスに在住で韓国人と結婚している女性、李さんに電話した。大曲内小友出身で、南カルフォルニア秋田県人会事務を司る李さんは驚いて、終焉を見届けたロサンゼルスの教会に連絡した。教会の京都出身のDさんと協力して教会に委託されていた洋子さんの遺品を日本に送り返すことになった。もともと二年間も教会で保存されることが珍しいのだ。李さんと洋子さんの長年の友人、日系三世のHさんが喜んで包装を手伝った。李さんはこの九月二七日に角間川公民館にきて、三〇日には残暑の銀座で洋子さんの巨大なモニュメントを仰ぎ見て米国に帰国した。

取材訪問

光あふれる窓から、遠くにかすむ男鹿半島の緑と海を背に、高く大きく彼女の好きだった向日葵が咲き初めている。

風薫る五月、国道七号線脇の丘に建つ老人介護施設で定年後の仕事をしている私は、突然ＮＨＫ秋田支局の女性記者の来訪を受けた。

秋の国民文化祭に秋田県広報ポスター「あきたびじょん」に使用されている「秋田おばこ」のモデルの取材にきたそうだ。いつの間にか私は洋子さんの研究者にされていた。

女性記者はまず、「あたしも小さい時にはモダン・バレエをしていたのです。角間川図書館の館長さんに見せていただいたアルバムの中には、とても素敵な写真がありました」「お墓の写真もここにあります」と。カリフォルニアの太陽が白く美しい墓標の隅々まで照らしている。

その夜にＳさんに電話した。「その女性もバレエをしていたのですか。やっぱり洋子さんの執念は生きているのですね」。Ｓさんは洋子さんの絵画数百点を米国の教会から古里に返した功労者である。すべては彼女の死を伝える新聞記事に始まり、あの膨大な絵画の展示で終わったかに思えた…。

男鹿半島の夏に現れる蜃気楼のように、四〇年前に現れた「秋田おばこ」は、近づくと消えてしまう。

銀座四丁目「秋田びじょん」

二〇一二（平成二四）年の「秋田おばこ」の巨大広告が見おろす東京銀座は記録的な猛暑であった。ほとんど脱水状態にちかい私を幻聴がおそった。洋子さんの声だった。

「でも、まさか摩天楼の銀座四丁目交差点で、六〇年前の私が広告塔にされるだなんてなあ。他人から眺められたり鑑賞されることは、モダン・バレエを始めた六歳から馴れてたけど、お天道様の真下で晒されるとは思ってもいなかったわ。

つい、数年前までロスアンゼルスのプールで子どもたちと水泳教室ではしゃいでいたあたしは、とにかくじっとしているのは苦手だったわね。今年の秋田県『ユタカな国へ　秋田びじょん』キャンペーンで皆様のためになるならば、まあいいわね。でもあのころは必死で逃げるあたしを高校の同級生や近所の人が、あちこちの町や村でさかんだった美人コンクールに、出てくれっていうからしかたなく…。

父親はとうに消滅した平鹿銀行の行員であたしは田植えも稲刈りもしたことが無い。当時は一時間半の道を歩いて登校していた大曲市の小学校近くの田圃に引きずられるように連れて行かれた。そう一九五二（昭和二七）年一一月の第一回秋田おばこコンクールで、入選者七人の一人になっちゃった。

その後、田圃で撮影会があったわ。撮影会が終わって、帰ろうかというとき「一寸」といって前に出てきたオジさんがぱちぱちと撮影したっけ。

あとでその方が大野先生で地方写真家だと知ったわ。

やがて大曲高校を卒業して秋田市の秋田芸術学院で本格的にバレエ・ダンスにのめり込んだのよ。練習ですっかり暗くなって帰宅すると、知らない人達や大野先生が来ていて、両親から『今度なあ、東京から木村伊兵衛という日本一の写真家が大曲にきておまえの写真さ、撮ることになったから頼むべ。大野先生が木村先生に引き合わせるから』と言われた。またしても野良着を着ることになったの。

雄物川の岸辺で河鹿の鳴いている五月、大曲西根小学校近くの田圃で撮影したわ。ワンピース姿も交えて沢山の写真を撮ったけど、木村先生はなぜか気に入ったのがないということで再度、夏に来るねということになったわ。

八月の撮影、今度はうまくいったみたい。

その後二〇年間あたしはその写真を見てなかった。対面したのは「美の国秋田」の観光ポスター（一九九二〈平成四〉年）。でも写真じゃなくてイラストのポスターだったわ。撮影者の木村先生は亡くなっていて、写真の使用は反対されて、奥様の許可で写真をもとにしたイラスト、ということになったんだって。

『おばこ』の写真はその時にあたし初めて見たのよ」

東京銀座の地下鉄を這い出たばかりの私は巨大広告を見上げてつぶやいた。

「洋子さん、あなたも人工美かも。いっこうに年齢を重ねられない、いささかも変化しない凍り付いた美の人だ」

東京で、ダンサーとしては致命的な膝の怪我を負った洋子さんは米国に渡った後にＵＣＬＡの大学に学び、資格をとると早速に子供たちとプールに遊び、たくさんの猫を飼う。大勢の子どもに水泳を教えた彼女に子はなかった。

木村伊兵衛と「秋田おばこ」は、撮影のその日だけ生きて、その日のうちに死んだのだ。

秋田美人ナンバーワン

洋子さんは私に語り続ける。

「そうだった、あたしはあの敗戦五年目の夏に壊されたの。あたしも日本も東京も壊される度に大きく変貌したんです。

あたしはその後に殺到した撮影モデル依頼を全て断り、モダンダンス、バレエに情熱を燃やした。石井漠先生は偉大な教師で、その門下から多くの女性舞踏家が出たわ。

大曲高校を卒業して、教室を開いて何カ所かで地元の子供たちにバレエを教えた後、昭和三三年上京して東京ユニークバレエ団に入り、以後一一年間、安藤三子先生や堀内完先生に指導を受けたわ。

東京オリンピックの開催が決まったころ、あたしはＮＨＫの「シャボン玉ホリデー」という番組で、日曜日の夕刻にバックミュージックダンスをしていた。当時の勤労者の月平均収入が二万五千円程度の時代に、白黒テレビが約五万円だったわ。でも、大勢の人が見てくれていた。この四丁目交差点から有楽町方面を見ると、地球儀の様な屋上広告が森永キャラメルだったわ。今では白木屋も丸善もなくなり、鉄道会館―八重洲駅ビルが建て替えられ、銀座千疋屋パーラーも無くなってる。そんな風景が消えた昭和四六年、一九七一年に三八歳のあたしは渡米したの。

膝を悪くしてバレエは諦めた。その頃には東京オリンピックの跡地は代々木公園に整備されて、マクドナルド日本の第一号店の一個八〇円のハンバーガーに一万人が押しかけたわ。ソニーが日本メーカーとして初めて米国に組み立て工場を建設したのもその頃ね。

当時の流行語「3S」、女性のあこがれの職業がスター、スチュワーデス、セクレタリー秘書。その国会議員秘書も勤めたわ。なにやかやの後に貿易商のMと出会った。ハワイ生まれの日系三世で岡山県出身。一四歳年上で傷心のあたしに安らぎをくれる男性だったの。結婚は両家が反対したけど、一年に一度は帰国させることというあたしの両親の条件で彼とカリフォルニアに渡った。もちろん、毎年、桜の季節に帰郷していたわ。

話を戻すわね。

あたしは石井漠先生の舞台に感激して六歳からダンスを始めたの。母に手を引かれて、戦後をまだ残していた秋田市の教室に通った。県では新進の舞踏家集団、日本でもトップレベルで大勢の舞踏家の先生とも楽しく交流できたの。

秋田駅前に沢山のデパートやホテルが建設されて、駅周辺の雑炊、すいとん食堂は既になかったわね。デパートのエスカレーターやエレベーターに乗るのも面白かったし、開店したばかりのK書店にはよく立ち寄ったわ。そのK書店さん今年に閉店を決めたんですつて。ほんとに『月やあらぬ春や昔の春ならぬわが身ひとつはもとの身にしたて』だわ。

『おばこ』撮影、モダンダンスに燃えていた一九歳のあたしと五三歳の木村先生とのコラボレーションの日々は忘れられないわ。

偉大な写真家はダンスの先生みたいなあこがれで、畏怖の存在、好奇心に満たされたわ。恐る恐る、不安な時間を楽しんでいたし、撮影でもふざけはしゃいだ写真も多かった。

けど先生はそうじゃなかったと思うわ。どの写真も気に入らなくて改めて取り直すことになったもの」。

大野先生の回想

私はどきどきしながら自転車を踏み込んで、もう一分ほどで到着するその家が近づくにつれ、なにかしら恐怖感や不安を抱いていた。玄関のベルをならそうとする瞬間に、そこに貼られた矩形の白い紙に小さいが黒々と記された文字に心臓が凍りついた。「忌中」。大野源二郎さんは現在、八七歳のはずであった。遅かったのか…。

ぶしつけな訪問で、怒鳴られ追い返されるのではないかの不安は大きな絶望に変わった。暗澹として帰路についたのだが、「もしや」と思い直して自転車を降りた。近くの商店で尋ねてみた。「ああ奥様ですべえ」の返事、不遜にも私は嬉しかった。その時はとにかくそう思った。

こわごわと電話すると、女性の「そういうご用件でしたか。少しお待ちください、今代わります」の声に不安と恐怖感が溶けた。大野先生の元気な声が響いてきた。

「あれはねえ、第一回全県『おばこ』コンクールが一九五二（昭和二七）年一一月に大曲小学校で開催されました。審査終了後に選ばれた『おばこ』モデルの撮影の時に、私も撮りました。

その時の写真を『アサヒカメラ』の国際写真サロンのコンテストに応募して入選したのです。それが雑誌のグラビアにのりました。

それとは別に『アサヒカメラ』では特別号を出す予定でした。その表紙写真を木村伊兵衛さんが担当することになっていて、編集部がこの娘さんはどうですかと推薦して、木村先生がＯＫを出した。そして撮影のために来秋しました。

私の役割は角間川の撮影現場に洋子さんを案内することでした」

電話のしゃがれ声は静かに、遙かな記憶を昨日のことのように告げた。

私は、翌日に県観光課の既知の担当者に電話した。

「はい、あの写真を使用する企画は平成二三年度に秋田県観光戦略推進室で検討され、翌年に広告塔として展開されました。写真は木村伊兵衛氏の娘さんが相続していて、著作権の了解をとりました。まずポスターの前に小冊子の表紙に使用しました。ポスターに使用することは梅原さんも賛成されてあの形となりましたので、その意味では梅原さんも推薦者の一人です。柴田洋子さんは既に故人ですので県は接触していません」

私はやや、しつこく質問を続けた。

「ええ、もともとそれまで私は県の広報活動をしていましたが、あるときに梅原デザイナーがたまたま県庁で講演をしました。それを聞いていた私が彼に依頼しました。彼は公官庁の仕事はしないのですが、なんとか引き受けてくれました」、「はあ、そうですか」と私は一瞬沈黙した。

「秋田県の宣伝ポスターはあの『秋田おばこ』一枚ではなくては、後ろの壁にもあるようにかなり制作していますよ。梅原デザイナーは地元の高知や東京に専属のカメラマンがいますが、特に新たな撮影はせずに『秋田おばこ』を使用しました。『有名な写真だし、今のモデルで撮影してもこれ以上のものはできないだろうと』。あの巨大なポスターを、銀座四丁目に掲げることは小職が提案して、最終決定は知事がされました。数千万円の費用を要しましたがまあ、かなりの効果はありました」

私は広報室を後にした。

木村伊兵衛は一九五〇年日本写真家協会が設立された時の初代会長で、当時たくさんの写真コンテストの選考にもかかわっていた。アマチュア写真の指導者として土門拳と共にリアリズム運動を推進していた。

一九五二年に秋田県総合美術展写真審査で訪問の時に象潟で農村の女性の労働姿に感激し、一方ならぬ思いがあった。その一枚は国際的にも恥じないレベルに仕上げなければならない。伊兵衛が案内された田園では農耕馬が歩み、村落には馬蹄屋、鍛冶屋、映画館があった。出稼ぎがあり集団就職列車の煙が遠くに流れている。その風景に、その娘はどうしても映像として相容れない、気にいらない。五、六〇本のフィルムが消費されたが気に入らなかった。

田舎高校のマドンナは予想外に日本人離れした娘であった。洋子の鍛え抜かれた容姿はオリンポスの娘のようであり、秋田の田園を背景にすると「気にいらねえ」女性専科の伊兵衛は困惑した。しかし利発でくったくのない娘に惚れた。「洋子ちゃん、おかげでいい仕事が出来たけど、そう遠くない日にまた来るよ」とニコニコして田植えの終わった田園を後にした。

大野先生の米寿写真展

一一月一日の正午過ぎ、私は大曲市郊外のイオン店内の小さい写真展示会場にいた。写真の手配であちこち忙しく動いている長身の大野先生のご長男に訊ねた。

「ああ、父は一時には来ると思います」

「亡妻に捧ぐ」と名付けられた「大野源二郎米寿展　心の故郷ありがとう」展だった。一時間後に新聞社の取材をうけていた先生は、素早く立ち上がり「おばこ」の写真の前に顔をくっつけるようにして喋りはじめた。

「ああ、きっかけになる写真を僕が撮影した。農村のおばこ写真撮影会。その日はこの娘の他に三人ほどの娘さんを撮りました。当日はY市、A市からの秋田市アマチュア写真家界のボスが来ていてね、まず彼らが撮影して、新米の私は最後の方で一寸だけ撮りました。

翌朝、現像したらこの写真が実に素晴らしい出来で、もうはっとして『アサヒカメラ』のコンクール締め切り日が浮かんだ。一月一日だ。時間がない。あわてて紙を買いに出たんだが、その日は富士の紙がなくてサクラの印画紙でなんとか。その他のものも指定のものは大曲に無かったが、兎に角なんとかして間に合わせて送った。そしたら入賞したよ。いや、その当時は入賞のみで『優秀』とか『佳作』とかのランクはなかったような。

あとで編集部に聞いたら、モデルがいいだけでどうということのない写真だ、という意見もあったようだ。とにかくその頃は『アサヒカメラ』の編集部も表紙には女優さんを使っていて、この娘は木村さんにとっても初めての素人表紙だ。ああ、とても写真写りがいい娘なんだね。僕は入賞以来この娘さんの所にはちょくちょく行っていた。木村伊兵衛が来秋したときは、私にまず撮影場所にこの娘をつれて来てくれと」

私は意外な展開に驚いた。

「『木村先生を案内すればあとは全てやるから』と秋田市のEさんから話がきた。木村さんとアサヒカメラの一行は五、六人で来たよ。五月一日の撮影でフィルムも何十本と使った。僕はモデルの顔に向けて反射板を持たされた。木村先生は編集部の意見は聞く方だが、五月の時はとにかく気に入らなかった。それで八月にもまる一日来た。この時も時間がかかったような記憶があるね。その娘が叔母さんと一緒に籠や風呂敷をもってきて、叔母さんが着付けてお化粧は自分でやっていたよ。木村先生はね、写真は化学反応だから仕上がらないと判らないとよくいっていた。『理屈いったってわからねえからな。写真見て勉強しろよ』と半切の写真一枚をみんなにくれたね。現像から全て自分でやるから、写真は東京に帰って焼いた筈だ。うん、ライカが主だがその時はニコンも使用した。僕はライカの鞄を持たされた。木村伊兵衛は三脚を絶対に使わない、撮らないよという顔でいつの間にか撮る。ありゃ真似できないね。しゃがむとか特に高い位置から撮ることはせず、普通の高さであっという間に撮っていたよ」

大野先生は新聞社の取材で、大体このような話を速射砲のように関係者を笑わせながら一気に語った。伊兵衛はそれから東京に帰り構想を練り直して八月一二日に帰ってきた。伊兵衛には女性専科の別名があり、ソフトフォーカスの自然な仕草の女性ポートレートの名手といわれていた。演出のない自然なスナップ、絶対リアリズム、それらを伊兵衛は捨てることにした。

洋子に再撮影が知らされた時、彼女は跳上がって喜んだ。先生は絣の野良着姿に笠で解決の最初の糸口を見つけた。そして徹底した省略と強調、白と黒、光と影、動から静、写実から創造へ……。

終　章

ある秋の夕暮れ、私は六〇年前の撮影場所にいた。山肌はあかね色に照らされ薄いブルーの空には月がかかっている。その時稲妻のようなひらめきが私を貫いた。移ろいゆく日本への憂愁と哀惜の視線だったのだ。「秋田おばこ」の揺らめくような微笑。ダ・ビンチもフェルメールも「モナリザ」「真珠の耳飾りの女」の眼にわずかな工夫をしたことで美を創造した。スナップの神様は洋子の不自然なまなざしを自然に写実した。

その日その時にだけに意味を持つ光線が容赦仮借なく焼け付く夏の田園で交わり閃光し美が凍る。フィルムに焼き付けられた瞬間の記憶と映像は、銀に変化して時間と共に残像は化学反応し、大きくなり次第に東洋のモナリザの一枚となった。

一九七四（昭和四九）年、木村伊兵衛は東京日暮里の自宅で生涯を終えた。秋田に刺激され恋して亡くなる三年前までの一九七一（昭和四六）年までに二一回の秋田訪問で一万一〇〇〇コマの秋田シリーズを撮影して日本の風俗と文化を捉えた。「秋田おばこ」は秘蔵の一枚だった。

写真 3

秋田県大仙市角間川内町出身の柴田洋子。一九三三（昭和八）年二月二一日に生まれ二〇一〇（平成二二）年一〇月一日ロサンゼルスで逝去、七七歳。教会と南カルフォルニア県人会有志が看取る。無風の日の放浪の終わりだった。来年も故郷の桜が開く。彼女がパソコンに記録させた赤のつよすぎるカルフォルニアのそれと違い、角間川のピンクの桜はその花弁をほころばせる。

日本からの農業移民の子孫の多い街で坂本九の「上を向いて歩こう」が米国で最初にヒットした町である。筆者の勤務先での事務を担当していた洋子さんの弟の妻Hさんは平成一七年六月に逝去。洋子さんのただ一人の弟は平成二二年妻と同じ六月逝去した。洋子さんは洗礼を受けていた。

かつて、私の抱いた写真への疑問。それから、四〇年を経て木村伊兵衛の「秋田おばこ」を起用した梅原デザイナーと私が同郷だったという偶然。偶然ではおさまらない出会いで、幾重もの屏風がとりはらわれて甦る「秋田おばこ」の永遠のまなざし。

その、閃きを邂逅し、記してみた。

稿を終えるにあたり、角間川公民館の皆様、大野源二郎様、秋田魁新聞大曲支局鹿川様、秋田県観光戦略会議室の皆様、荒砂文子様、佐藤れん子様、（佐々木）李敦子様、その他の大勢の皆さまに御礼申し上げます。

一瞬、瞬いた夏

テレビはニュースしか見ないほうだが、その番組は好きで初夏の早朝、NHKテレビBSで「にっぽん縦断こころ旅」を視聴していた。

同世代の火野正平がハアハアと喘ぎながら愛車チャリオを踏み込み坂道を上がる時の表情、昼時はそこらの食堂に飛び込み、団塊にはご馳走だったオムライス、ナポリタン、ラーメンを無心にするシーンがいい。店や通りすがりの女性が話しかけても「おばさんはいらないよ」と返す場面は役者だね。自転車で日本三三〇〇キロの全行程を走破するわけでもなく、電車なんか利用して視聴者からの手紙を読む。目的地まで約二〇キロの最寄駅で下車してチャリンコに乗る。今朝は秋田駅を歩いていた。彼が構内に張られたポスターを指さして偶然に発した一言を笑顔で後ろのスタッフに渡した。

「この娘、美人だね。秋田美人なら絶対NO1だよな」

で、私は何か書かねばならぬと思い、はやってパソコン前に座ってみたものの、書くべきものはなにひとつ浮かばない。

顔を光に向ける。窓から彼女の好きだった向日葵が、男鹿半島を望むこの丘に大きく高く咲き燦《きら》めいている。

向日葵よ、この人生でほんとの心の旅をする人が何人いるだろう。放浪から終着駅にたどり着く人間が一体、何人いるだろう。秋田おばこ洋子は舞台から観覧席に、そして観覧席から舞台に疾走し、いつの間にか世界から失踪する。

風薫る五月、国道七号線脇の丘にある、この春から定年後の人生を過ごしている場所に突然、私はNHK秋田支局から美しき女性記者の来訪を受けた。

今年秋の国民文化祭の秋田県広報ポスターあきたびじょんに使用されている、六〇年前に木村伊兵衛氏が撮影した「あきたびじん」モデルのことで取材にきたそうだ。いつの間にか私は洋子さん研究者にされていた。二、三日前の新聞で、国民文化祭準備の一環として、その撮影場所を案内している九〇歳を越すカメラマンの大野先生を久々に拝見した。伊兵衛さんは撮らないような顔しててて瞬間に撮ったよ。洋子さんもそうして一瞬に盗まれたのだ。

男鹿半島の夏の国道バイパスに現れる蜃気楼のように彼女は近づくと消えた。記者は笑顔で「あたしも小さい時にモダン・バレエをしていたので、○○さんに見せていただいたアルバムの中にはとても素敵な写真がありました」。

彼女はたくさんの別の顔を持っていた。

Sさんに電話した。その女性もバレエをしていたのですか。やっぱり洋子さんの執念はまだまだ生きているのだわ。Sさんはモデルの残した絵画数百点を、サンフランシスコの教会から郷里の公民館に返した角間川の女性達の一人である。モデルは晩年、洗礼を受けていた。驚くべき神の精密な計画は、すべて彼女の死を伝える新聞記事に始まり、創作者から別れて故郷に眠る膨大な絵画で終わったかに思えたのだが……。

記者は「お墓の写真もここに持参していますが」。

そこには今日の昼下がりと同じカリフォルニアの太陽が白い美しい墓標の隅々まで照らしている。

「よき妻でありよき友人であった洋子」

魅惑的で妖艶に輝くまなこはもう開かない。

洋子さんは調べれば調べるほど、もっといろいろと知りたくなる不思議な魅力の方ですね、と言い残し、神殿のような介護施設を去った。

彼女を見送り、眼下の水田に視線を投げた。六〇年前の大曲郊外田園の畦道で、着付け手伝いのおばさんと共に薄化粧をして秋田おばこに変身する洋子が見えた。

彼女はその日から二年後に上京しテレビでも活躍していた。数年後に膝に致命的な傷を負った洋子は舞踏の将来にはもう求めるものはない。カリフォルニア在住の日系二世と出会い、太平洋を渡ることになり、生活の中心をカリフォルニアにおいた。毎春には必ず帰郷し郭公《かっこう》の鳴き声に耳をすました。

ＵＣＬＡ卒業後、指導者となり大勢の子供に水泳を教えた彼女に子はいなかった。たくさんの猫を飼った。彼女の絵画の腕、感性の深さは黒人女のヌード一枚をみても十分に理解される。しかし私は油絵より彼女のデッサンがたまらなく好きだ。可愛いがいつも悲しげ、寂しい表情の猫、あるいは後ろ姿だけの猫たちは異邦人の、わが身世にふる孤独の極致を余すところなく訴えているではないか。

「たまたま来秋されていた梅原デザイナーに偶然の縁で小職から秋田の広告デザインを依頼しました。秋田おばこの一枚は木村伊兵衛の有名な写真だし、今の女の子を田んぼに立たせて撮影しても、これ以上のものは出来ないと梅原デザイナーが決めました。東京銀座四丁目交差点に巨大広告を掲げることは小職が提案し、決定は知事がしました。私もこの仕事について著作権問題の難しさは思い知りました。何度もポスターの増版はしましたが、木村氏相続人にはその度に契約を更新して所定の金額をお支払いしています。洋子さんは？　故人にはこの場合、肖像権もありません」

彼女の生涯はプライバシーに守られて今は誰も知らない。

いや、今まで、私は誤解していた。木村伊兵衛と洋子はその日だけ生きて、その日のうちに死んだのだ。けだるい大気の中に神は時限爆弾を仕掛けたのだ。

その棺に光が射し込み、創造物の意志が寸分違《たが》わずに郷里におさまる時は何時《いつ》くるのだろう。

ああ、ただ一度でいい。私も夏の昼下がりの燃える一瞬がほしい。

（二〇一四年）

砂像と凪と虹と

寺山修司と橋本五郎文庫

昨年のことだが、令和元年初冬に秋田大学医学部三期生の卒業四〇周年記念同窓会を終えた。その後数日してから同窓の女医さんが、あたし終活を始めたのよ、とメールしてきた。私より三、四歳若い彼女がもうなのかと驚いた。

それを機に、古希を過ぎた私も同じことを考えざるを得ないようになっていった。それも歳のせいなのか。

終活でまず考えたのが数部屋をまるまる占領する大量の蔵書の処分である。これが最大の悩みで、私の分身みたいなものだから捨てられない。断捨離程度でまず始めてみるか。本の処分をあれこれ考えていたら以下のような愚文になってしまった。

二年ほど前から秋田県の北寄りに位置する介護老人保健施設に勤務するようになり、青森県がぐんと近くなったので、その地にしばしばドライブしている。三沢市には、その少年期に短歌の鬼才と呼ばれ、早稲田大学に進学した後はアングラ劇の天井桟敷を首唱して一時代を築いた寺山修司の寺山記念館があり、何度か足を運んだ。

三沢市には米空軍基地もあり、記念館の近くの公園で車を止めていたら烏《からす》が近づいてきて「ハローハロー」と鳴いて秋空を飛び去ったのにはカラスの利口さに感服した。

記念館の寺山修司の蔵書量とジャンルの広さには感服したが、館のガイド、かつては寺山修司と仕事したらしい中高年の顎髭の濃いマッチョによると、当館にあるのは寺山の少年期から青森高校時代のもので、まだまだ沢山の蔵書が彼の生活していた東京のマンションにもこれ以上にありますが、と教えてくれた。

寺山修司自身が、「私は読書家なのか収集家なのかわからない」とその随筆で記している。私もそこだけは共通しているが。

話が変わり、社宅から勤務地へのドライブ通勤途中にある橋本五郎文庫のことを知った。機会を得て橋本五郎氏が、年に一度そこで開催する講演会に行った。猛烈なこの夏一番の猛暑の朝、秋田にきて半世紀で一番の暑さであった。

秋田医報の読者もあるいは既知であるかもしれないが、橋本五郎氏は読売新聞特別編集委員で現在もテレビのコメンテーターで、毎週おなじみのにこやかな紳士姿を見せている。

廃校の小学校の玄関には、故中曽根康弘元首相の黒々とした筆跡で橋本五郎文庫の看板があった。

猛暑の日の午後の講演会であり、橋本先生は流れ落ちる汗をハンカチで拭き、先生と交流のあった大物政治家のエピソードや、安倍晋三内閣以後の政治展望などを、竹馬の友や小中学の同窓生を主体とする講演者の人々にわかりやすく一問一答で応じた。会が終わり、懇親会場に橋本先生と私は偶然並んで廊下を歩いた。入口途中の事務所に近い薄暗い一室に、他の図書とはやや区画された二、三列の書架をドアのガラス越しに眺めて、しばし先生は足を止めた。書棚にはぎっしりと日焼けのした岩波文庫が詰められていた。

「橋本先生はこの膨大な書物を全部読破されたのでしょうか」、恐る恐る聴いたら「まあ、一、二割くらいかな、いやいや、一割も読んだかどうだかな」と呟くように返した。

橋本五郎文庫は平成二三年四月にオープンした。本人のメッセージを紹介すると「五郎文庫がスタートして一年半が過ぎました。廃校に小さな文化の花を咲かせたい、という私のささやかな望みは予想をはるかに超えた形で実を結んでいます。（略）文庫ができるまでのすべては『廃校が図書館になった！』（藤原書店刊）という本になっています」。

平成三〇年一月のホームページでは、オープン当初は橋本五郎さんにより寄贈された本が二万冊でしたが、七年を経過し三万八千冊となりました。他では手にすることができない珍しい貴重な本があります。本以外にもここでしか見られないものなどもあります、と。

実際、私は大量の蔵書のジャンルの広さと奥行きを観賞した時に絶句した。ご本人の文では「二万冊を寄贈し、文庫は出来ましたが、その本は大げさにいえば『爪に火を灯す』ように買ったもの、著者や出版社からおくられたものなどさまざまです。学生時代には本の価値判断がつかず、兄が持っていたものを真似して買ったものも随分あります。その多くは古本屋で買いましたが、五円でも一〇円でも安いものを買おうと、足を棒のようにして回ったものです。社会人になってからは、給料の三分の一は家賃、三分の一は食費・衣料費、三分の一は本代という割合がしばらく続きました。それだけに一冊一冊に思い出と愛情があります。（以下中略して記す）ある時期まで、蔵書目録を作っていました。人から見ればさしたる意味はないでしょうが、私にとってはかけがえのない『財産目録』です。私の生きた人生の証だと考えています。出来るだけ多くの人に利用してほしい。その思いには切実なものがあります。人生の証として残し、保存して郷里の人々にも役立ててほしい」

この一文に私は深く共感した。そうか、私は書棚前で一瞬垣間見た橋本先生の姿を理解した。私は私自身の本の処分、貴重な文化遺産をごみにするなどの気持ちは消し飛んでいた。

橋本五郎文庫は図書館としてだけではなく、みたね鯉川地区交流センターとして作文コンクール、講演、音楽コンサート、盆踊り大会などのイベントも沢山企画実行されている。

後に聞いた話だが、橋本先生は蔵書の書庫としてマンションを一棟購入したり、空き地に小屋を建てたりして蔵書を保存していたが、最終的には郷里の母校の小学校に収まった。ここには氏の蔵書だけでなく氏に送られたと思われる絵画やリトグラフ、彫刻も展示されているが、世界的にも著名な画家の貴重な芸術作品も少なくない。

講演会後、橋本氏は講演会の人々と共に懇親会場である近くの道の駅に向かった。

彼らに続いて私は別の会場に向かった。玄関のドアを開けた途端にどっと流れ落ちてくる汗を拭いて車に乗り込み、三種町釜谷浜海岸でその日に開会している筈のサンドクラフトの会場にと、炎天下の国道七号線を走らせた。車内のクーラーはまるで役に立たなかった。

第二三回「サンドクラフト二〇一九 in みたね」

炎天下の砂浜は焼けており、日本海から吹く浜風も熱気を吹きつけている。

令和元年七月二七日から二八日の二日間、環境とアートと融和のまちの三種町の主催する「サンドクラフト二〇一九 in みたね」は釜谷浜海水浴場で開かれていた。サンドクラフト作り教室、海上花火ショー、水着コンテスト、そして砂像のライトアップなどなどが予定されていた。砂浜入口に急ごしらえで設営されたゲートで、地元の高校生のボランティア達に招待状をみせて、代わりに所定の駐車場ナンバー札を受け取りゲートをくぐった。

三種町釜谷浜のサンドクラフトに二〇一〇年から、はるばる高知から来秋してほぼ毎年出品している女性、松木由子さん達の作品を鑑賞することが私の目的であった。

★松木由子さんの作品は「Time travel」。コメントに「あなたは戻りたい過去がありますか？　未来をのぞいてみたいと思いますか？　どんな時でも未来のあなたを創るのは今日を生きるあなた」松木由子、日本・高知県。

★メーン砂像はガネーシャ。出品は第一回から参加している保坂俊彦さんで、日本・東京都。コメント：第一回大会は自分にとっても初めての砂像製作であったので思い入れのある作品です。

能代市出身の彫刻家保坂俊彦さん（四五）は砂像の分野で有名で、二〇一七年には優勝している（ガネーシャはインドの神様）。

★女の横顔：Before the dawn 人生は良いことと悪いことでいっぱいです。フェニックスは新しい命の象徴です。あらゆる過去の記憶から逃れます。夜明け前—これが私たちの進行です。台湾、周聖強。

★高知県黒潮町砂像連盟代表の武政登さん達の作品は「空の上に届くケルン」。作者のコメントは、「ジャックと豆の木の石積み編です。ケルンを登って天国に行ったら巨人がいて『お前が来るのはまだ早

松木由子さん作品「Time travel」

東京都　保坂俊彦氏作品「ガネーシャ」

い』と言っている。そんなワン・シーンです」。

　松木氏と高知黒潮連盟代表の武政登さんの表彰式の時に、彼らの頭上に虹がかかった。

　表彰台から降りてきた二人に砂に足をめり込ませながら歩み寄り、男性に声をかけた。

「いやあ、こんなところで土佐人に会えるとは懐かしい。そうですか黒川さんの黒潮町の友人も武政といいますか。私の知り合いでは今ちょっと思い浮かびませんが、いずれ、それならきっとその人は男前でしょうね。ぼくは高知から名古屋までが自家用車で、名古屋から仙台までをフェリー、仙台から秋田まではまた車で来ました。帰りは秋田から福井（敦賀）までフェリー、そこから車で帰ります。これは（と松木さんをさして）まっこといいじゃから、今回は違ったけんどね、高知から秋田は今までは車で来ることが多かったようじゃが」

　武政さんは土佐人の「どくれ」を連発して愉快に応じてくれた。武政さんは、サンドクラフトに三〇年前に出会い、その時に工業高校土木科卒業の知識を作成に試してみたら、意外にも功があり、以後のめり込んだ。バブルの時代には日本砂像連盟の支部交流会が日本国内で開催されていて、その当時に意気投合した人々が八竜町（後の三種町）にはたくさんいて、以後に関わるようになった。金がなくば自家用車、時間がない時は飛行機で来秋しているという。

土佐のはちきん松木さんが「今年は車で来なかったのですが、運転しているときは少しでも秋田に近づいていますからね。高速道路のあちこちのサービスエリアで少し仮眠はとりますけど。でも少しでも早く三種町に到着したいので、車の運転も苦にはならないですね」とかえした。そして、今年の五月末から高知→羽田→成田→フィンランド→アメリカ→カナダ→成田→羽田、そして羽田から秋田三種に来ました。

（「はちきん」は土佐の方言で高知県の男勝りの女性をさす。行動が明確で負けん気がつよい。これは愛媛の男は優しいが少々頼りない傾向で高知の女性に鍛えてもらえという意味合いもあるんですって。男性のほうは「いごっそ」、これは頑固で気骨のある男を意味する。肥後もっこす、津軽じょっぱり、共に日本三大頑固にかぞえられて

台湾　周聖強氏作品「女の横顔」

高知県黒潮町作品「空の上に届くケルン」

いるそうな。筆者注）

松木さんは、三種町サンドクラフトはプロの道を彼女が歩む原点だという。かつては高校の美術講師であったが、ボランティアで黒潮町砂像連盟の砂像の型倅づくりを生徒といっしょに手伝うようになった。精密かつ美しき砂像に感激した。「一人で彫ってみたくなり」その後、鹿児島県のイベントに行く機会があり、そこで一人でも参加できるコンテストを探して見つけたのが三種町。二〇一〇年から参加してその年から三年連続で最優秀賞を受賞。そこから砂の彫刻家としてプロの道を歩み一〇年になった今、米国やカナダでも活動している「はちきん」である。大学大学院で専攻したのは教育学で、実技は金属工芸。その意味で上に挙げた保坂さんや武政さん、全ての砂像制作者が先生だと言う。

「砂像は大体一週間ほどで完成させました。この浜の砂はサンドクラフトには非常に適しています。今回はこのように像に穴が開いているでしょう。前から、私は三種の砂でやりたかったのです。こういうふうに風穴の空いている砂像はなかなか少ないのです。私は砂の彫刻を職業にしています。サンドクラフト終了後は大阪↓愛知↓高知に帰ります。二ヵ月にわたる海外も含めた砂像ツアーも一段落です」

松木さんは小柄ながら、いかにも炎天下の作業をこなしてきたばかりで日焼けしていた。

来年の再会を約束して別れた。

松木さんは国内では宮崎、鹿児島で、海外は、台湾に年二回、フィンランド（国際大会三位）、アメリカ、カナダ（国際大会四位）と多忙な日々である。きっかけは、繰り返すが三種町であった。初めて一人でチャレンジした「サンドクラフト二〇一〇 in みたね」で一等賞受賞がなければ今の自分はないと言い切った。

向かって左から武政さん、筆者、松木さん

素晴らしい砂像群は予定を越えて九月末まで展示されていた。その月の最後の日曜日に行くと、砂像群は跡形もなく消失していた。砂浜と海と空が際限もなく広がっているのみであった。どこにでも見られる砂浜の一角では、早い秋風に吹かれて風車が数台ブーンブーンと廻り、海辺では砂が舞い上がっていた。

もしこれらの彫刻の素材が砂でなくてスフィンクスや万里の長城のように石であったならどうか。数千年前の古代の支配者達は築き上げた偉業を記録し、数万の人の労働と命の犠牲とにより、巨大なモニュメントを残し保存したが、現代の若い芸術家は風に消える砂の彫刻を残して去る。

本の蔵書のことから、誕生から数ヵ月ほどで寿命となり跡形もなく消滅する砂像、人間の所有欲から保存欲、記録欲そして芸術の創造と保存や永久性について、大げさにいえば人間の歴史認識に思いを廻らしていたら、またもや、あやうしこそものぐるほしけれ、の文章になった。肝心の終活のほうはさっぱり進んでいないし、本棚からはみ出して床に散乱している書物は日に日にまたも多くなって、梅雨のカビのようだ。

（二〇一九年）

ペンと猟銃　―見川鯛山の思い出―

生まれたら　只一筋に生きよ　ふきのとう

カレンダーは五月に移るが一向に桜の咲く気配がない。今年の冬は記録的に寒く積雪も多く長かった。角館の桜は連休には間に合うまい。花冷えすらないだろうが、桜の季節の腰の落ち着かない日々も持たずにすむだろう。

そんな寒い朝、姫神山でそれを道路脇に見つけた。見入っていると空からかん高い鳴き声が降る。コバルトブルーの空を白鳥がVの字になり、ゆらゆらと北に飛び去ってゆく。

生まれたら　只一筋に生きよ　ふきのとう
白鳥よ　来年いい冬　もってこい
雄物川　同居している　冬と春

と二、三句、俳句して勤務先に向かった。

病院玄関の外来受付カード機前に長い二、三列をなしていた群衆が、花火大会の後のように消えた広間のエレベーターに走り込んだ。

そして私は不覚にもここで大きな吐息をついた。

突然、「あらまあ、朝からなに、がんばってきたあ」と、かん高い声が狭い箱の内に響く。

私以外には誰もいないと思い込んだ箱の中にはドアの陰に相客がいたのである。がっくりと腰の曲がった見知らぬ老婆にいたわられるようじゃなあ。私は婆さんの気遣いに感謝しながら、違うことを習慣的に返してしまった。

「いやあ、朝から雑用も多くて」

「んだべなあ」をあとに、医局のある四階で廊下に出た。

「お医者さんは大変だべ。あんまり無理しねえでなあ」

私は心恥ずかしく「ありがとよ」振り返ったときに扉が閉じた。

日はすぐに暮れ、夕飯時に、今日は病院医局歓送迎会のあることを思い出して、職員食堂に踵をかえした。

来年三月には私は定年を迎える。当病院勤続三〇年近くになる最後の春の歓送迎会であった。

一通りの挨拶が終わり、座は次第に乱痴気騒ぎに変わった。

平成二五年四月下旬に、大学病院医局からの派遣医師と入れ替えに伴う新入勤務医、研修医を主とした歓送迎会が例年どおり催された。古びた昭和を残す広い食堂はもう既にオレンジ色である。

今年は一人の科長が転出したのに対して、転入の医局員は九科で一〇名、今年卒業の研修医が三名であり、研修医制度から見放されたような例年よりは、賑やかな会であった。

窓から眺望される急斜面の山肌には夕日に残雪が鈍い。

歓迎会　冬残る春の　夕日かな

狙い打ち

向こうで献杯のやりとりをしていた整形外科のU科長は私と目が合うなり、視線を向けたまま突然、小走りに長いテーブルを何度も迂回しながら私の前に座った。

彼は珍しく腰を深く下ろし、ビールを私のコップにつぎ足したあと、すぐに「黒川先生が書かれた大仙市会報のゲラを見ました。かなり削られていましたねえ」と言う。春の渓流釣りが始まったのか、U先生の顔はこの一、二週間ですっかり黒くなった。

我が意を汲んでくれた人がいたと表情を緩まして、大仙市の校正係に対する私の不満を彼にぶちまけよう。唇が開きかけたが、次の瞬間、唇を締めた。

「あの文章のミニタイトルですが、あれは」と続いた。

反射的に私はコップを宙に止めた。泡は身をすくめて消えてゆく。

「医者とも」、「あろうものが」の係り結びの法則のような一句が私は好きで使用した。当然その時、彼の賞賛の言葉を待っていた。

しかし、—先生は知っていてあれを—と来たときにはなにやら、取り調べられるような不安に落ちた。

蛇のような視線を避けて私はビールをあおり、ダークブラウンの天井を見つめる。

無言の私に、彼は少し間を入れてから、低いが鋭い語気で、「あれは」といい、後は沈黙して私を凝視したままだ。

私は、ビールの泡を見つめながら答えを模索した。しかし老いた神経回路はなかなか走らない。

北畠親房の系譜だという彼は浅黒い端正な表情で「赤ひげ診療録に書いていた、あれですよ」と言葉を切り一言も発しない。

私はマングースに睨まれているハブのようである。

かすれそうな喉にビールを流し込み、「見川鯛山ですね」と声を一呼吸で搾りだす。

そして、ふんぞり返り「医者ともあろうものが、は鯛山から無断借用しました」。

やっぱり、という顔でU先生は大きく頷いた。そこで私は「学生の頃、鯛山先生の本を四、五冊は読みましたね」と、ほろ酔いで返し、よし、鯛山の文学論を始めようと思っていた。

しかし、厳然とU先生が言い放った。

「見川鯛山は僕の叔父です」

それから先の十数秒は記憶にない。

「叔父さんはまだお元気なのでしょうか」

「七、八年前に亡くなりました。八八歳だったかな」

「そうですか、そういえば顎髭を生やせば、先生は鯛山の若い頃にそっくりですもんね」

私は鯛山の陰りのある顎髭顔貌が好きであった。

「いや、似ているかどうかはともかく、全然血はつながっていませんよ」

もう、逃げたくなった。

しかし、そこで彼は遠くに視線を移して、とうとうと語り始めた。

「本当に大好きな叔父でした。僕の母の妹の主人です。だから血は繋がってませんが、小学生から高校までは叔父の家に始終遊びに行っていました。いや、信州じゃありませんよ。那須ですよ。僕は白河に住んでいて那須まではバスで三〇分の距離です。あそこには従兄弟達も大勢いましたし、白河ではテレビは二チャンネルだけでしたが、那須では四チャンネルでして。従兄弟達、彼の三人の子供達と同じぐらいの歳でしたし」

「ははあ」

「それに叔父はスキー、狩猟や釣りなんかやりましたから、僕もそれで、いろいろ覚えました」

私は「ああ、僕が二〇歳頃に高知市で椎間板ヘルニアになり、主治医から手術なしでいこうと保存的治療で今日に至りましたが、その時の整形外科医はイノシシ狩りが好きで、猟犬を何頭も私の郷里の町で飼育していました。もともと神戸の方ですが、猟のために高知に転勤して、あの頃はそんな医者が沢山いましたね」と関係のない話までしてしまう。

U先生は返し様がなく渋い顔でビールを飲んでいる。

井上靖が小説「猟銃」に描く中年男と高知の整形外科医、そして鯛山、U先生と酔いがダークブラウンの天井に回り出す。

ここからは鯛山風に彼をUちゃん、としておく。

「叔父は代々医者の家に生まれて一八代目でした。山好き、スキー好きということもあり、那須の無医村に開業して、若いときは仕事一筋にやっていましたが、途中からはああいう随筆小説に書いたように生活していました。夜明けまで書いて明け方に寝て、昼二時頃に起きてきてという生活で、最後はホントに八八歳の大往生でしたが」

「何で亡くなられましたか」

「煙草は一日に五箱は喫ってましたが」

「肺癌でしょうか」

私は書籍の山の中、タバコ片手の鯛山を思い出した。

「いやそれが肺癌じゃなくて、風呂につかっての大往生でした。胃癌になりましたが、それは手術で治癒して、風呂の中で片手にタバコを一本、手にしての大往生でした」

湯煙の中でタバコを燻《くゆ》らせ、湯に浸した顎髭を温めて昇天してゆくとは流石、鯛山理想の死である。

見川鯛山―二〇〇五年八月五日午前五時頃に心筋梗塞で死去。八八歳。昭和一七年から栃木県那須町で僻地医療を続ける傍ら一四冊の小説、随筆を執筆した。

「そうでしたか。鯛山先生の随筆を随分読みましたが、読み進むうちに桃源郷のような生活に羨望を覚えながらも、医者ともあろうものがと思い始め、それで遠のいていきましたが……」

私は少し違うことを述べたが、Uちゃんはそこで大きく頷いた。共鳴したのかはわからない。

「木登りの名人だったとか」

「ええ木登りは上手《うま》かったです。彼が四〇代半ばでキャッチボールの球をとりに木にするすると登るのを見ています」

木登りは熊撃ちで鍛えた。仕留めた熊をごめんなあ、と涙を流して背をさする鯛山。それなら猟などやめればいいと、私は当時、欺瞞くさい記述に背を向けた。

鯛山の随筆小説には珍妙なとぼけた味があり、当初はそれに引き込まれた。しかし、なだいなだ氏が述べているように、これらの人々の物語は「現実の人物をモデルにしながらも、完全にそれらを様式化して、一つの人工的世界を作りあげたもの」で、私は厭《あ》きた。

白状すると、その桃源郷におれない状況、卒業が近づいていた。

彼の横に新任の若い女医さんがビールとコップを手に持って佇んでいる。それをしおに、Uちゃんとの話は終えた。

彼女の挨拶を聞いた瞬間、私は二〇年以上前の秋田県、湯沢市内にある寺の境内を思い出す。

あの日の午後は蒸し暑かった。寺の境内にはゆらゆらと、人いきれとともに陽炎が上り、線香が辺りに靡《なび》き、低い地響きのような読経が漂ってくる。医学部同窓生で横手市の病院産婦人科勤務医のO君の葬儀の日であった。脳動脈瘤破裂で急逝した。

葬儀には、豪華な紫色の袈裟の僧侶達に並んで、最前列に喪服の奥様と三人の娘が一列に顔を伏せて座っていた。娘達は全員が黒いセーラー服姿のままに私の記憶の底に沈んでいた。

ところが、である。

彼女は怪訝に「いや、セーラー服ということは……、だって、あたしが一〇歳の時で小学四年生でした」。また恥をさらして初老期痴呆の不安に狼狽《うろた》え酔いが醒めた。

「早いものですねえ。父と同じ秋大医学部を卒業して婦人科入局八年目です」

会が終わり、私は医局でネットから鯛山先生の『医者とも…』から最後の著書まで数冊を注文した。ブログでは鯛山のファンがまだまだ多いのに驚いた。帰途に就くと霙交《みぞれ》じりの氷雨は少し小降りで、春風が吹き抜ける。

翌日の夕刻には魔法のように全部揃って本達が着いた。

二、三日後の夕刻に、医局ロッカー前でU先生はわざわざ私のために探してくれた本を数冊貸してくれた。

ハマナスの浜にいて

もう四〇年を越す昔、私は医学生六年生の夏、平鹿病院や由利組合病院のアルバイトで手にした一〇万円弱を北海道への旅費にした。確か二万円足らずで二週間の北海道周遊券が購入できた。観光シーズンを外し、さらに学割を効かすと定額の二割の値段で購入できた昭和五二年の頃である。スペースシャトルが初飛行し、フォード大統領が日系人収容命令を無効とし、ロッキード事件の証人喚問が国会で始まり、ジミー・カーター大統領がベトナム戦争徴兵忌避者に恩赦を出していた。

札幌から稚内に走る箱一つのローカル線で眺めるハマナスの群生する海岸にも厭きてきた頃に、前にふんぞり返っている三〇過ぎの紳士に興味が移る。

仕立てのいいスーツ姿でプロレスラーのような身体を包んだ「ゴルゴ13」のような男に話しかけた。怖いながらも襟のバッジの魅力に負けたのだ。

「いや、国会議員じゃないよ、これは秘書のバッジさ。ああ、〇〇議員の秘書をしている。僕の他にも秘書は五、六人いるかな」

自民党の○○先生は総理の候補にも挙げられていた。

目的地が近づく頃、「じゃあ、お元気で、みかわたいざん、のような名医になってくださいよ」と一言いい、腰を上げた。

「みかわたいざん、とは何者ですか」「あら知らないの、今、書店では結構、売れていますよ」

それが見川鯛山との始まりであった。

○○議員は数年後に札幌のホテルで突然亡くなった。

湯豆腐や　命の果ての　薄明かり（久保田万太郎）

四〇年ぶりに私は著書を読み通しながら、鯛山の矛盾にまた好きになった。彼は八八歳にしてまだ上梓した。

鯛山の父は患者の薬石代が一年間に回収できないと、帳面のその患者の欄に棒をひいて消した。五〇軒近く周り、一〇軒足らずから、なんとか診療代が回収できた。

見川家は親類の学資の面倒も多くみて貧しかった。

人間、世間を渡るうちに時勢に流されまいと、こざかしい知恵、振る舞いはいやでも我慢して身につけて行く。鯛山は独自の哲学に生きた。

読み返してみると彼の随筆は桃源郷にいるような癒しに必ずしも満ちてはいない。七五歳の著作に読み取れる。モデルの一生から子供、孫の世代まで哀しくも容赦なく描写される。亭主の博打道楽で没落して、最後に首つり自殺する美人の若女将。知恵遅れの子を育てながらついに結核に斃《たお》れ、後妻をむかえたものの彼女に男が出来、男が娘を孕ましたのをきっかけに殺人を犯してしまう話。残忍な世界が恬淡《てんたん》と述べられている。

著作を読みながら深夜、私は泣いた。鯛山の足跡と私自身のそれを比べて切なかったのである。

「オ辰婆さんはシブトイ婆さんである。あと二、三日の命だと私が引導を渡してから、もう半月にも成るのに、まだ死なない。私の差し金で親戚、一族郎党も集めたし、葬式の用意も万端ととのえてしまったのに速いとこ死んでくれないと、医者として私は本当に困ってしまう」

事実は、婆さんは小屋の藁の中で鯛山ただ一人に背中をさすられながら息を引き取った。

二〇〇四年に刊行された『山医者のちょっとは薬になる話』で、この一九編の随筆は本にするつもりはなかった。「既に私は八八の干からびた老人である。(中略)。いずれにせよ私の命はもう長くない。八八年の生命など宇宙の摂理からすれば一瞬よりも遙かに短い。だが私はその一瞬の光をこの世に点《とも》せただけでこの上ない幸せだと思っている」。

Uちゃんに貸して戴いた本が上梓するつもりのなかった『山医者の…』で、二〇〇五年一月一日と鯛山のサインがある。彼の死去は同年八月。私は晩秋一〇月に上梓された断筆日付に枕を濡らしたのである。

おごそかな忘れ物

「鯛山は私の叔父です」と宣言された瞬間、私は、なんという偶然かと神に感謝した。私は以前に秋田医報に投稿した「木村伊兵衛の愛したおばこ」で、半世紀以上前に、この日本を代表する写真家に撮影され秋田県宣伝ポスターモデルとなった女性は当院から車で二〇分の郷に住んでおり、その義妹が放射線科事務に三年間所属していたSさんであることを最近に知った。そういう道筋をあらかじめ神様が私のために決めていたような気がこの頃はするのである。

「ああそれは本当です。那須に来ていた獅子文六と、医者と患者さんの関係になった。それが書くことの動機につながったらしいです。僕がここにいるのは叔父から、お前もそこで釣りや何やかやの関係ができたなら、もうそこで、と言われまして……」

Uちゃんは赴任した時、整形外科医の手術結果は一〇年後にわかる、といいます。だから一〇年はいます、と言った。一〇年はとうに過ぎた。

昭和一九年に鯛山は軍医として中国戦線に送り出された。

兵士が息を引き取る間際に、鯛山に血潮のついた荻原井泉水の句集を渡した。血に汚れたその本は私を文学の道に誘い込んだ。後年「二束三文」で鯛山はそう書いている。

最後に八七歳の鯛山を描写した六一歳の娘、藤原万耶様の随筆で終筆する。

「二年前に母が父より先にあっけなく逝ってしまった。恋女房に置いて逝かれて、ずいぶん心配したが父はそれから見事に生きた。相変わらず夜昼逆転した生活で煙草は吸い放題、甘い物も食べ放題、丸山ワクチンはやめるし、片目は白内障のままだし（中略）その日生きて目が覚めたらその日を生きるというような淡々とした静かな暮らしを続けている」

鯛山は胃癌手術のあと腸閉塞で何回も手術した。あまり頻回なので奥様が、チャックを腹に付けてもらってよ、と苦言した。その奥様に先んじられた。

スキーの技術は四七歳で日本最初のスキー連盟指導員資格を得ている。ここまで書いてきて私は、スキーをフランスやスイス、カナダに行き、ＢＭＷを乗り回す鯛山にまた疑問を感じてきた。まあここらが潮で筆を擱《お》く。

二、三日して婆さんに玄関でまたすれ違った。婆さんと二言三言かわした。見川鯛山描くところの婆さんは日本中にいる。

（二〇一三年）

南国土佐に雪が降る

日本カワウソの思い出

「かわうそは私らの小さい時はこの川奥で見かけました。親父なんかは上流で当たり前に出くわしたらしいけんどね。ずっと前、もう一九七〇年頃じゃったろうかのう。魚を咥えて泳いじょる写真が新聞に出ちょりましたがね。あれが最後に撮影されてからさっぱりと梼原川でも、ここは四万十川の源流じゃあが、四万十川でも見たという話はさっぱりないけんどねえ……」私と同じ年頃らしき運転手は、真っ黒に日焼けして皺のよった白髪頭でバックミラー越しにつぶやいた。

私を乗せたタクシーは梼原町に向かう森を梅雨のしぶきをとばして走る。須崎の駅で乗り込んだ時にはカンカンの日照りだったが、梼原に近づくと急に豪雨に変わった。

私は四国の真ん中の高知の桃源郷と言われた山奥、四国のほぼ中心に位置する山村、当時は池川（現仁淀川町）という町で生まれ育った。距離は離れているが梼原の隣町にあたる。

両親の都合で私は母の実家で育った。実家は料理屋で開業から一五〇年を超えていた。当時は住み込みの使用人は一〇人を越え、四、五〇〇人を収容できる大広間があり、池には百匹ほどの錦鯉が泳いでいた。

祖父は凝り性で高知市から庭師を呼んで、小さいながらも日本庭園の築山を作らせていた。祖母は花壇の花の手入れを欠かさなかった。

実家は仁淀川の川辺り近くに建築されていたので鮎の遡る清流や、向こう岸の四国山脈の景観は、借景をはるかに優っていた。叔父は日本画家でよくこの鯉を描き県展や日展に出品していた。

横道にそれるが、わが叔父は高知新聞広告部にいて、後に上京して有名になったやなせたかし氏とは机を並べていた。『アンパンマン』の作者、やなせたかし氏は秋田杉と並ぶ日本三大杉の魚梁瀬《やなせ》杉の産地、高知県香北町（現香美市）の出身である。

さて、私の小学入学前の頃、ある雪の降る朝、庭の築山と池の間に不思議な動物をみた。出入りの庭師兼大工のオンちゃんは「博之君、それはイタチかもしれんが落ちちょった糞からみるとカワウソかもしれんのう」といった。私はイタチもカワウソもよくは知らなかったが、金色の胴体と長く柔らかい毛並みが印象に残っている。池から紅い錦鯉を咥えてさっと庭から川に通じる崖先を降りてゆく動作は素早くて、瞬間に雪の庭から煙のように消えた。

日本カワウソのことなど忘れてしまい、七〇年があっという間に過ぎて昭和が、平成が終わって令和四年に入った。

その六月に郷里の高知で放射線学会関連の催しがあった。学会を終えて、日程に余裕ができたので生まれて初めて高知市から西部の山奥に列車で足を延ばした。足摺岬は一度だけ乗用車で訪れたことがあった。今回はアンパンマンのでかいキャラクターを胴体一面に描いた特急「南風」で須崎市に向かった。

列車は高知駅を出て約一時間半で須崎駅に、そこから片道一時間をタクシーで梼原村に向かう。鬱蒼とした杉の森の天井と、ゴワゴワする夏の雑草が生い茂る国道一九七号線を「雲の上の街―梼原」へ土砂降りの中を行く。

高知は貧乏県だが梼原は豊かである。この土地は京都から津野経高が延喜三（九一三）年に入国して開いた。昔、私の中学生の頃まではたしか梼原村といった。一九七号線は途中で国道四四〇号線とぶつかり、四四〇号線は松山市へとつながっている。

この土佐から伊予愛媛の松山に抜ける道は昭和六一年に日本の道一〇〇選に選定されている。維新の道、脱藩の道としてよくテレビ番組にも取り上げられる。険しいが味わいのある鬱蒼とした南国の緑滴る森の道が歴史の道でもある。

ここから国境の韮ケ峠、九十九曲峠を越えて坂本龍馬その他の土佐勤皇党の志士が維新を夢見て越えていった。坂本龍馬脱藩の「志士の道」の道路わきには江戸から明治初年の頃の庄屋や番所の建物がよく保存されている。

維新に倒れた無名の土佐勤皇党の人々や坂本龍馬にしてみても、司馬遼太郎氏の存在がなければ今日のように人口に膾炙したかなと思うことが、しばしばある。それはともかく、坂本龍馬の他に、龍馬の片腕となり亀山社中で活躍した澤村惣之丞、天誅組を組織して大和で挙兵した吉村寅太郎、土佐一の槍の達人といわれた那須俊平など七名の土佐勤皇党の志士がこの峠を越えて、京都にたどりついたが全員、戦死、自決して果てた。

庇と陰影・天上の町・梼原と隈研吾

唐突に思い立ったこの旅の目的は国立新競技場の設計者、隈研吾氏の作品を見ることであった。今回の旅の一、二週間前の大館市のマンションでのある夜、NHKテレビで隈氏が梼原は私の原点ですとか宣《のたま》ったのを聞いて、私はついつい嬉しくなり思わず年甲斐もなく感動した。

写真１　雲の上のギャラリー

写真２　雲の上のギャラリー　町の交流拠点

写真３　梼原町総合庁舎

写真４　庁舎　１Ｆ

負ける建築、弱い建築、循環可能な優しい建築——この言葉にしびれて私は泣いた。そして急に思いついて出た旅であった。まあ郷里で開催された学会の幸運もあったが……。

彼の著書から引用する。

「近年、日本国内で手掛けた建築、長岡市庁舎の『シティホール・プラザ・アオーレ長岡』二〇一二年、長岡市では市とも市長とも、とても波長が合いました。（中略）一九九〇年代から二〇年以上にわたるお

写真５　まちの駅「ゆすはら」

写真６　雲の上の図書館　ステージ

付き合いの中で、四つの建築をさせていただいた高知の梼原町（註：現在二〇二二年六月現在は六件：著者）とも長年の波長の合い方は抜群でした」（写真１～６）

「梼原を訪ねたきっかけは一九四八年に建てられた木造の芝居小屋『梼原座』の保存運動に協力を高知の友人から頼まれたことでした。保存運動に関わるうちに町の人たちと仲良くなり、そこから『雲の上ホテル』一九九四年を皮切りに『梼原町総合庁舎』『マルシェ梼原』同年などが完成しました。不思議な縁を感じますが、父方の祖母が高知県出身だったのできっとおばあちゃんが取り持ってくれたのでしょう」

少し説明になるが、梼原の年間平均気温は一三・四度、最高気温は三八・七度もあるが最低気温はマイナス一二度にもなる。四国で唯一のスキーが楽しめる土地でもある。梼原の標高は二二〇～一四五五ｍとかなりの高低差があり、この山間の高低差を利用した棚田が発達して、その千枚田は美しいものであった。

かの司馬遼太郎は檮原の山里の知恵が作り上げた千枚田に「農業が築き上げた日本のピラミッド、万里の長城にも匹敵する」と感嘆した。

隈研吾―檮原村短訪

引用を再度、続ける。「バブルがはじけ、大変なことになっていた頃、ニューヨークで知り合った変人、高知で小さな設計事務所を営む小谷匡宏から連絡があり、高知と愛媛の県境の檮原という町で木造の芝居小屋が壊されかけている、是非保存運動に関わってほしいというのである。四国の辺境の町、四国なのに雪が降る町と聞いて興味を持った。檮原がとんでもない田舎という話を聞いて飛んで行きたくなったのである。民俗学の宮本常一（一九〇七‐一九八一）は檮原の老人の女性遍歴の武勇伝の聞き書きを『土佐源氏』という話にまとめた」。

隈研吾氏は「司馬遼太郎は檮原街道沿いに多く残る茶堂と呼ばれる茅葺小屋の機能に関して新説を唱えた。ただの親切なおもてなしだけでなく田舎にいながら都市の情報を手に入れていたという。……（中略）。木造の芝居小屋、ゆすはら座はすばらしかった。細い木材を組み合わせた繊細なシステムで屋根は支えられ、椅子は一つもなく、板張り床の上に座布団をしいて座るのである。ボロさと木の臭いがかっこよかった」。

私は実際このタクシーで檮原に向かう途中の片道一時間で「道の駅」を四カ所見つけた。それらは例外なく人で溢れかえり、土佐人と伊予人でごった返していた。

その日は休日であったが目的のゆすはら庁舎前には驟雨に身を濡らして、思いがけずたくさんの観光客が玄関前でガイドの説明を聞いていた。観光バスは広い駐車場に二、三台が駐車していた。私は訪問前に電話で役場の職員に連絡していたのですんなりと入れた。人は少なかろうとおもったが参院選の不在者投票の人々がちらほら投票をしていた。二、三人の選挙管理委員会の人々は物珍し気に私を見詰めた。しかし、私は彼らにかまうことなく素晴らしい木組みの芸術品を凝視した。

彼は「二一世紀の国立競技場は庶民的な材料、見慣れた、安い材木を使ったものこそが国立にはふさわしく、少子高齢化の渋い日本にはふさわしいと考えたのである」という。

隈研吾の建築はこのほかに上に述べたようにいくつもあり、すぐ近くの「雲の上ギャラリー」や「町立図書館」に行こうと告げると、ドライバーさんが血相を変えて約束が違うと言う。

ゆすはら庁舎ということで来たが、これ以上、走るなら追加料金をくれ。観光タクシーに切り替えしてもいいじゃあ、と騒ぐので私は帰りの電車の関係もあり、そこで隈研吾の旅を終えた。

話がやや飛躍するが、私の秋田大学医学部在学中に知り合った小谷了一先生の話をする。私の卒後研修を放射線科に決めて、少なからず私の人生に影響が大の先生である。

「わしを含めて、北海道、徳島、京都、鹿児島と全国からこの高橋先生のもとに研修に来ちょるものは多いぜよ。おまんも三年、いや一年でもええからの、神経放射線科医になれとはいわん、せめてセルジンガー法や血管造影、CTの読影の手習いだけでもしていけ。悪いようにはならん。高知にはいつでもこの先生の紹介状一本で帰れる。もちろん、全国どこの放射線科にでも行ける」ということで、もともと外科志望だったのが放射線科に入局した。

小谷先生はもともと奈良大の脳神経外科の助教授であったが、神経放射線医学の権威であった秋田大学医学部の高橋睦正先生の基に研修に来ていた。一年の在籍の後に奈良医大に帰り放射線科の助教授その後に高知医大放射線科の助教授をへて現在は高知市内で開業をしている。今度の帰省も学会専門医の研修の他にもう一つは半世紀ぶりの小谷先生との対面であった。

タクシーはすぐに帰途に向かった。

「この川は四万十川の源流じゃけんねえ、水は御覧の通りきれいぞね。おらも小さい時はカワウソはよう見かけたもんよ。ほんなら帰りは川ぞいに走ってみますぞね」

眼を凝らしてみたが宝石のように深い緑の川面はしんとしている。もちろんカワウソは一匹も見えない。日本カワウソは今でも高知、愛媛の両県で調査が続けられている。

参考文献

隈研吾『建築家、走る』新潮文庫、二〇二一年三刷
隈研吾『ひとの住処』新潮新書、二〇二〇年
養老孟司・隈研吾『日本人はどう住まうべきか？』新潮文庫、二〇二一年

著者略歴

黒川博之（くろかわ　ひろし）

1948年高知県生まれ　医師・医学博士
国立高知高専電気科中退、秋田大学医学部卒業
秋田大学医学部付属病院放射線科助手をへて、会津若松市竹田綜合病院外科、郡山市南東北脳神経外科病院放射線科・麻酔科科長、秋田県厚生農業協同組合連合会仙北組合総合病院放射線科科長。定年後、介護老人保健施設の、ひまわりの里、やすらぎの苑、やかたなどの施設長・医師を務める。現在、大館市の西大館病院勤務。
著書『ピーターパンの周遊券1　白い越境者』（文理閣）

ピーターパンの周遊券 2　地吹雪と夾竹桃

2025年4月10日　第1刷発行

著　者　黒川博之
発行者　黒川美富子
発行所　図書出版　文理閣
京都市下京区七条河原町西南角　〒600-8146
TEL（075）351-7553　FAX（075）351-7560
http://www.bunrikaku.com
印刷所　亜細亜印刷株式会社

ISBN978-4-89259-920-0